U0057607

AQUARIUS

AQUARIUS

AQUARIUS

AQUARIUS

每個人心中都有一座島嶼，

藉文字呼息而靜謐，

Island，我們心靈的岸。

吃鯛魚讓我打嗝

傑西・艾森柏格（Jesse Eisenberg）——著　吳文忠——譯

Bream Gives Me Hiccups

國際媒體、文壇好評盛讚

「《吃鯛魚讓我打嗝》令人捧腹，又令人心酸，有時還使勁自嘲，搞得我都想給傑西一個擁抱。他多年來的神經質性格終於煉成了這塊喜劇真金。」——《週六夜現場》最年輕編劇西蒙・里奇

「你還沒聽過傑西・艾森柏格這位有才華的年輕人？那要快！」——《泰晤士報》

「傑西・艾森柏格在文壇的前途就跟他在影壇一樣，不可限量。」——《今日美國》

「讀《吃鯛魚讓我打嗝》的時候，我簡直笑得不能自已！寫得太好了！」——波士頓公共電台

「伍迪・艾倫的粉絲們會喜歡這部由演員兼劇作家傑西・艾森柏格創作的滑稽大作。」——《人物》雜誌

「一個才華橫溢的作家，寫成了這本驚為天人的小說。」——安迪・保羅維茲，美國劇作家、《紐約時報》暢銷書作家

【推薦文】

近乎成為，或就是

◎陳栢青（作家）

要不就是速度，要不就是長度。男人對這些事情有一種無可救藥的偏執。我指的是關於電影。

電影《社群網戰》（*The Social Network*）在開拍初期碰到的最主要挑戰是，它太長了。導演大衛・芬奇在訪問裡談到，艾倫・索金的原始劇本有一百六十二頁。如果按照我們熟悉的好萊塢電影公式：「一頁一分鐘」，這部電影將近三小時，足夠《魔戒》攻進索倫的城堡了。而製作方希望把時間壓在一百二十分鐘內。

艾倫・索金卻說，不，那就是兩小時的本子啊。他們倆一起回辦公室，大衛・芬奇拿出iPhone，叫出碼錶程式，艾倫・索金自己跳下來唸給大衛・芬奇聽，還真的不到兩小時。

所以一切的關鍵在於語速。

畢竟是艾倫・索金的本子。索金的本子裡角色都愛說話。而且愛說聰明的話。這又是一部講臉書創辦人的電影，裡頭台詞更快，更多，那還不夠，芬奇的想像中，電影裡馬克・祖克柏「開口之前，話已經在腦子裡過了一次」，那其實是一種矛盾的形象，像高速運轉的ＣＰＵ，內核轉速多急你幾乎聽到引擎運作的嘎嘰聲，但實際輸出要像高級印表機那樣纖綢一般滑暢而且恆定不斷墨。亦即，快，且要穩。感覺到的是速度，但表現出來卻是完整。大衛・芬奇試遍了每個好萊塢年輕演員，沒一個能進入速度的領域中。

直到他遇到那個男孩。

有人跟大衛・芬奇推薦傑西・艾森柏格，他還哼一聲憑什麼，芬奇就是硬，愈要他幹的他偏不幹。傑西・艾森柏格的試鏡是唸出《社群網戰》的第一場戲——還沒創辦臉書的馬克・祖克柏和女孩分手了——大衛・芬奇一邊在電腦上看，一邊計時。然後大衛・芬奇說，這是他碰到第一個可以比索金還索金的孩子。

《社群網戰》第一幕戲，據說大衛・芬奇在兩天內重拍九十九次。原始劇本長達八頁，電影最終呈現只有五分鐘。最簡單場景，一張桌子，一對男女，拚命開話題，都沒個延伸，你來我往，從頭到尾對不到點上，以為彼此關係是雙向街，終究只是單行道，行不通就是行不通。啪地，兩人還是切了，電影則開始了。一切都快、都很準，而且猝不即防。如果電影反映時代，傑西・艾森柏格的語速決定了之後整部電影的速度，其實也反映這個世界此刻的速度。時代脈搏的跳動，藏在這男孩的語言速度中。

那麼，當傑西・艾森柏格寫起小說呢？

搜尋引擎上餐館評鑑。簡訊。對話錄。處方箋說明。電子郵件往返……

他表現小說的方式是現代生活的渣渣。與其說傑西・艾森柏格愛玩形式，不如說他總能在磚瓦橫梁這些板模的縫隙間建立起飽滿的可感的情境。他的小說是一道鴨嘴筆畫出的線，上頭就放兩張椅子，更多時候僅僅是一張，然後有兩張嘴，或就是一個人，在那裡玩拋接。話一句一句丟，有來有往，此消彼長，兩顆球成了三顆，變花樣轉方向挑戰花式掄球或腋底藏球變招，直到千手千眼，偶爾法相莊嚴。那裡頭有譏刺，有諷喻，起得即時，收得快，還沒意識過來，已經被句點。他的小說介乎段子與笑話之間，擺盪於游離情節和完整故事兩造。方寸之地。很簡，但很飽滿。你完全感受到他的方向。更多是力道。要不跟著走，要不被打趴。

是因為身為演員的關係嗎？還是從小寫劇本？這些小說裡，明明是魚骨頭一樣的文體，卻肉白骨活血路那樣長出鮮明的人物。幾句話之間，說話的人被點了睛、撬開了嘴，加意圖、添個性，傑西・艾森柏格成了ＲＰＧ遊戲開頭的捏臉系統，壓扁捏圓，三兩下就丟出鮮明的頭臉，那裡頭有神。與傑西・艾森柏格這套技術比起來，很多演員還在練，而很多小說家還不如去當演員。當演員還不夠格呢。

《社群網戰》的影響是，很長一段時間，傑西・艾森柏格的臉取代了馬克・祖克柏。年輕、天才，怪。他的三角形下巴和3D多邊形一樣富稜角的臉，以及那個厚瀏海。自帶宅氣。三個一組成為這一世代IT創業者、高IQ低EQ、高功能自閉症者的臉譜。乃至祖克柏每每在新聞或網路上露出，其實就是個蛋頭人啊，臉上沒一點稜角，也留不住印象，你反而會想問這個笑得很靦腆的正牌貨，你誰啊，盜帳號嗎？

傑西・艾森柏格這麼像，不是因為他演了誰或像誰，而是在他的語速，在他的詮釋裡，有一種東西，超越了本尊，接上這個時代。我想，那就是節奏吧。傑西・艾森柏格跟得上我們這個時代的拍子，句句壓在時代的點上。看他的表演，被拎著跑，目眩神迷，無跡可尋；讀他的小說，則有字可追。看他什麼時候放哏，什麼時候收，哪時該撲墊，什麼時候要抽板子讓人掉下去，神走位，火一波。我們以為的短和快並不影響他。他反過來用自己的節奏決定什麼是速度，什麼構成長度。

看傑西・艾森柏格逼近。在臨界點前無比趨近。近乎成為。或就是。

國際媒體、文壇好評盛讚 009
【推薦文】近乎成為，或就是 ◎陳栢青（作家） 010

一 吃鯛魚讓我打嗝：九歲幸運男孩的餐廳點評

・野澤壽司館 020
・伊拉克烤魚 023
・W賓館的威士忌藍酒吧 026
・天使冰王 030
・羅伯特・弗羅斯特小學食堂 035
・有機齋與聖熱納洛街頭市集 039
・與純素食者一起過感恩節 044
・馬修家 048
・法得客和一個不靠譜的新朋友 053
・水煮小龍蝦和爸爸的新家庭 057
・自然歷史博物館 061
・靜修堂與媽媽 064

目錄

二　家人

・我的小妹妹發簡訊告訴我她的問題　074
・分離焦慮症寄宿營　081
・媽媽向我解釋什麼是芭蕾　085
・我與我第一任女友的電子信件交流，而該交流在某個時間點上被我姐姐接手，姐姐在大學研究波士尼亞種族大屠殺　088
・我爸爸寫給我的處方資訊小冊子　101
・我外甥有幾個問題　105

三　歷史

・男人與舞蹈　114
・龐貝城的最後對話　119
・亞歷山大・格拉漢姆・貝爾的頭五通電話　126
・馬克思社會主義者的笑話　130

四　室友偷走了我的拉麵：一個沮喪的大一學生寫的信

・9月16日　136

吃鯛魚讓我打嗝

・9月29日 145
・10月5日 155
・10月18日 166
・11月7日 176
・11月23日 187

五　約會

・一位後性別主義思維模式的男士在酒吧試圖勾搭一位女士 196
・一位後性別主義思維模式的女士在酒吧試圖勾搭一位男士 199
・一位服了迷幻藥的男士在酒吧試圖勾搭一位女士 202
・一位為自己清醒而感到尷尬的終生禁酒者在酒吧裡試圖勾搭一位女士 205

六　體育運動

・馬弗・艾伯特是我的治療師 210
・在YMCA的一場鬥牛後，卡梅羅・安東尼和我分別給我們的朋友們做詳細解說 218
・一位婚姻顧問試圖在紐約尼克隊的一場比賽上發難 226

目錄

七　自助

・微笑誘使大腦以為心情很好　230

・假如她現在遇見我……　234

・一個校園惡霸做了調查　242

八　語言

・尼克・葛瑞特評論瑞秋・羅溫斯坦的新書《離你而去》　246

・一篇用「思想到文本」技巧寫成的短篇小說　252

・假如我流利地講……　258

・我的垃圾信件鍥而不捨　263

・不太難的繞口令　268

九　我們僅有時間再演奏一曲……

・我們僅有時間再演奏一曲……　274

致謝　277

【書評】一種鬆與緊的藝術——評《吃鯛魚讓我打嗝》　◎李奕樵（作家）　280

一

吃鯛魚讓我打嗝：九歲幸運男孩的餐廳點評

野澤壽司館

昨天晚上，媽媽領我去了馬特家附近的野澤壽司館。只是媽媽沒讓馬特和我們一起去，而且我當時正在看我最喜歡的節目，因為媽媽說，再不走，我們預訂的晚餐就要來不及了，不過，我不知道媽媽訂的這頓晚餐是誰出的錢。

在野澤壽司館的門前站著一個凶巴巴的女人。我問媽媽，那個女人為什麼在那兒獨自生氣呢？媽媽說，因為她是日本人，這裡有文化差異。在學校給我們打飯的女人也是凶巴巴的，可她不是日本人啊。也許給人打飯這項工作是會讓人生氣的。

野澤壽司館沒有菜單。媽媽說這樣才高檔。壽司大廚神態嚴肅地站在餐台的後面，很隨心所欲地給客人遞食物。他也是凶巴巴的。

他們給我們端上來的第一個東西是一卷濕毛巾。我把毛巾攤開放在腿上，因為媽媽總說，到一家高級餐廳要做的第一件事情，就是把餐巾放在腿上。可是這塊餐巾卻又濕又熱，讓我感覺像是尿了褲子。媽媽很生氣，問我是不是犯傻了。

這時，那個凶巴巴的女人端來了一小碗上面澆著黃色醬汁的搗爛的紅色魚肉，說那是鮪魚肉。可是我猜她是在說謊，因為那東西嘗起來根本不像鮪魚，令我感覺馬上要嘔吐。但是媽媽說，我必須把這東西吃掉，因為「鮪魚是野澤壽司館的招牌菜」。在我們學校，有個學生叫比利，可是我們暗地裡都叫他「惡霸比利」，他經常在老師進教室之前，將牙膏抹在老師的椅子上。他也是我們學校的「招牌」。

媽媽說店裡還提供雞蛋，所以我就要了兩個雞蛋，但是當那個凶巴巴的女人將雞蛋端來時，我看那樣子並不像雞蛋，而是像兩塊骯髒的海綿。結果，我當著媽媽的面直接將雞蛋吐在了桌子上。媽媽雙手一拍桌子，震得盤子叮噹響，我嚇壞了，就將更多的海綿吐在了媽媽的手裡。媽媽用一種怪怪的低聲衝著我吼叫，說她帶我來這家店唯一的原因就是，這一切由爸爸買單。接著我開始抽抽噎噎地哭泣，討厭的雞蛋碎塊順著我的鼻涕噴了出來。媽媽開始笑著哄我，又抱了抱我，並要我安靜下來。

那個凶巴巴的女人給我和媽媽端來了兩小碟米飯，上面還是那令人討厭的魚肉。我求媽媽把上面的魚肉拿走，我只吃下面的米飯。媽媽說：「那太好了，我就多吃點吧。」然後就把我的那份魚肉吃了。我喜歡吃米飯，因為媽媽說過，米飯就像沒有邊、沒有皮的日本麵包，這對我再好不過了，因為我不喜歡吃什麼邊和皮的。我也喜歡聽媽媽說「那太好了，我就多吃點兒吧」，因為那句話似乎表達了她最幸福的心情。

當那個女人拿過帳單時，媽媽衝她一笑，並說了句「謝謝你」，可是我認為媽媽是在說反話，因為媽媽最討厭人們給她拿來帳單。當媽媽和爸爸還沒有離婚時，媽媽總是裝作她要付帳單的樣子，可是當爸爸拿過帳單時（付帳單的總是爸爸），媽媽就會撒更多的謊，比如，「你真的要付帳單嗎？那好吧，哇塞，謝謝你，親愛的。」現在爸爸不再和我們一起上餐館了，也許我該從媽媽手裡搶過帳單，也撒一句謊，說：「噢，真的嗎？那好吧，謝謝媽媽。」但是我不能撒謊，因為生活中有傷心事的大人們才撒謊。

凶巴巴的女人將帳單拿走時並沒有說聲「謝謝」。我猜她並非有什麼傷心事。但是她肯定是在生氣。

我明白在這裡工作的人為什麼要這麼生氣了。我猜這和在加油站工作差不多，但是這裡沒有汽車，他們是要讓人填飽肚子。人們在餐桌上吃飯慢得很，又談論自己無聊的生活，不斷相互逗笑，可是當服務員過來時，他們卻又不笑了，變得很安靜，好像他們不想讓任何外人知道自己那些了不起的笑話似的。而當服務員談論自己的生活時，他們不能說自己的生活有多麼糟糕，只能說生活有多美好，比如，「我感覺好極了，你呢？」如果他們說了點真話，比如說，「我感覺差勁極了，我在這裡當服務員」，他們就很可能被炒魷魚，然後生活就會更加糟糕。所以說，快樂地談論事情應該永遠是個好主意，但有時候那是不可能的。所以，我給野澤壽司館打十六顆星，滿分兩千。

伊拉克烤魚

昨晚，媽媽帶我去了一家叫作伊拉克烤魚的新飯館。媽媽說，這是一家伊拉克人開的餐廳，我們必須得去，因為我們是開明的人，應該去給予支持。不過我覺得有點怪，因為馬特的哥哥隨部隊去了真正的伊拉克，而他們的軍車上寫的是「支持軍隊」。所以我感覺我們好像是在支持這家餐廳，而不是支持馬特的哥哥。

媽媽說，她讀書會裡所有的婦女都去過這家餐廳，但是我不明白為什麼我們也得去這家餐廳。而且我也不明白為什麼媽媽要去那個讀書會，因為她什麼書也不讀，而且在讀書會開會前的夜晚，她在我們家說了很多「我操」這種髒話，還讓我去查維基百科。接著，她會邊用吸塵器，邊聽我給她讀劇情概要和主要人物，這工作有點累人，因為吸塵器的聲音真的太大了，我得邊抱著我的筆記型電腦跟著她在屋子裡轉，邊大聲地朗讀。

我走進伊拉克烤魚注意到的第一件怪事就是，許多在那裡吃飯的人都戴著大大的黑色面罩，把臉遮得只能看到眼睛。媽媽有些失望地對我說，她原本希望這裡有更多「像我們」這樣的人。但是我說，因為這些人都戴著面罩，所以我們並不知道他們到底長什麼樣子。這時，媽媽就用手肘碰我的脖子。當我說話聲音太大，或者聲音太小，或者我大聲笑時，她就會用手肘碰我。

媽媽看菜單時，壓低了聲音輕輕地說：「見他媽的鬼了！沒什麼可喝的哦。」我不太確定她說那話是什麼意思，但是我想應該和喝酒有關，因為媽媽每次打開菜單的第一件事情，就是看菜單上的酒水欄，然後長長地嘆一口氣。

媽媽說，她為我們兩個人點餐，還說我們倆要混著吃。當她認為飯菜不會太好時，通常都會這麼說。當女服務員過來幫我們點餐時，媽媽看她的神情猶如對方是個難民一樣，還問她：「你從哪裡來啊？」女服務員回答：「伊拉克。」媽媽又問：「噢，那太好了，哪座城市啊？」女服務員回答：「巴格達。」媽媽說：「噢，噢，噢。」好像對方是在哭泣，需要她哄似的，可其實那個女人並沒有哭，她在展露微笑。所以，我就朝她看去，也給了她一個燦爛的微笑，為的是告訴她，我並非總站在媽媽那邊，但是當女服務員看到我朝她微笑時，臉上卻露出了古怪的表情，好像我是在嘲笑她，可我並沒有啊。這時媽媽在桌子下面用腳踢我，讓我的腿疼了一晚上，第二天早上（也就是今天）還有點兒疼呢。

女服務員給我們端來的第一道菜是一盤看上去很怪的米飯，和一大碗類似湯類的紅汁茄子。我能看出來，媽媽對這道菜感到有些噁心，但是她卻對女服務員說：「哇塞！傳統菜！真等不及來一口！」但是我能看出媽媽是在說謊，因為當女服務員走開之後，媽媽只是用前牙咬了一小口，接著就鼻孔大張，那樣子像是要吐在桌子上。接著她說：「寶寶，我想你會喜歡的，怎麼不嘗一口啊？」我就知道她肯定是不喜歡這道菜了。然後媽媽就把這碗茄子湯倒在了米飯上面，在盤子裡攪和了一下，讓人感覺我們是吃了些。

接著女服務員給我們端上了另一道菜，是烤雞肉串和炸薯條。儘管沒有番茄醬，但是炸薯條的味道還是炸薯條，烤雞肉串的味道也是正常的雞肉味。媽媽和我嘗了之後都感覺味道很正常，我倆都如釋重負地相互看了一眼，好像我們就是馬特的哥哥，而且剛從伊拉克凱旋歸來。

在回家的路上，媽媽給讀書會所有的婦女都打了電話，告訴她們我們去了伊拉克烤魚。她一直在說著謊話，告訴她們，和我單獨共進晚餐的時光是多麼美好，而且看到那裡所有的伊拉克人都戴著黑色的面罩真是好有趣啊，還有，在那歡樂的美餐期間，她完全沒有想過爸爸的新女友。當媽媽說謊時，她並不說她心裡不想說的話，而只說心裡想說的反話。大多數孩子很可能因為自己的媽媽說這麼多的謊話而生氣，但是出於某種原因，我只是為她感到傷心。

我們回到家之後，媽媽穿著襯衣襯褲吸地毯，我又給她讀了《咆哮山莊》的內容概要。後來媽媽說她的肚子有點痛，我覺得我的肚子也有點兒不舒服。於是，媽媽和我都上了各自的廁所，在裡面待了好久。所以，我給伊拉克烤魚打一百二十九顆星，滿分兩千。

W賓館的威士忌藍酒吧

昨晚，媽媽帶我去了一家叫作「威士忌藍」的酒吧，這名字聽起來藍汪汪的，很有趣，但實際上卻是個黑森森、令人恐懼的地方，喝醉酒的人們都濃妝豔抹，說話也是抬高了嗓門，裝作很幸福的樣子。

媽媽和一個她稱為「鰥夫朋友」的男人在此約會。「鰥夫」的意思是他的妻子死了，而「朋友」呢，當媽媽說某個男人是她朋友時，那個人就是媽媽想要與之結婚的有錢人。我從來沒有機會和媽媽出去一起約會，但是這次媽媽卻讓我見一見她的鰥夫朋友，因為她想讓他看看，她會是一位多麼好的母親，會很好地疼愛他那兩個永遠失去了母親的女兒。

那位鰥夫朋友約我媽媽去威士忌藍酒吧時，並不知道我也會跟媽媽一起來。因為我還太小，不能去酒吧，媽媽就說我們必須裝作是W賓館的客人。我對媽媽說，我不想對賓館的人說謊，但是媽媽說，在這種情況下是可以的，因為這僅是一個白色謊言，我猜這是白人們可以無須感到內疚而說的謊言。

既然媽媽想要向那個男人展示她是一位多麼好的母親，我就知道這一整晚，她都會對我很好。當那個男人走進來時，媽媽用胳膊摟住我，這讓我感覺怪怪的，因為她從來不這樣摟我，我也從來沒有注意到她的手是那麼冰冷和骨瘦如柴。

我們都坐下之後，那個男人說：「不知道你把你兒子也帶來了。」媽媽又捏了一下我的肩膀，說：「我真的不忍心離開這個小傢伙啊。我喜歡孩子。」我知道媽媽就要開始說些她如何喜歡孩子的謊話了，但是我想她既然這麼做，該想個好一點的創意吧。

女服務生來到桌子前招呼我們。她蹲下的姿勢有些怪怪的，那樣子好像要讓我們看她的胸部。她穿著很短的黑色裙子，長得非常漂亮，不過不能近看。她說：「親愛的，晚上想喝點什麼呀？」

媽媽說她要一杯草莓莫希托，並用一種稚嫩的聲音對那位鰥夫朋友說：「我這樣會不會太像個小女生啊？」鰥夫朋友臉微微一紅並露出微笑，這讓我想到，他實際上更想和年輕女孩約會，而不是和一個裝出稚嫩女孩聲音的老女人。接著，鰥夫用十分嚴肅的聲音點了他要喝的，讓人感覺把所有細節都說明白非常重要似的：「坦奎利乾馬丁尼。加檸檬皮卷。不要搖勻，要攪拌。」女招待也十分嚴肅地點點頭，這讓我突然間想到，開一家只做酒的地方，是多麼奇怪啊！既然他們只賣一種東西，他們必須要十分認真。我想，可能從來沒有人告訴過他們，他們所做的這件工作並不那麼重要。

然後，女招待又讓我看了她的胸部，並問道：「小帥哥，你喝什麼呀？」媽媽讓女招待給我來一杯「雪莉登波」，可是我並不想喝這玩意兒，因為那是根據去世的女孩「雪莉・登波」的名字命名的，但是我決定什麼也不說。接著媽媽說：「調淡點，今天晚上他還得開車呢。」三個成年人都大笑起來，儘管媽媽開的玩笑是句謊話，而且並不好笑。

酒端上來之後，媽媽喝得有點太快了，馬上又點了一杯。那個男人則慢慢地呷著自己的酒，這就意味著他很可能不喜歡媽媽。我呢，則努力地從杯子底部往外撈櫻桃吃，因為我餓了。

媽媽喝得愈多，就詢問更多的關於鰥夫妻子的事情。我能看出來，鰥夫朋友並不想談論他的妻子，因為他在試圖改變話題，但是媽媽卻說了些奇怪的事情，比如，「黛比有沒有去過錫安山醫學中心？因為我朋友喬伊絲是那裡一位十分了不起的內分泌專家。」我想，媽媽只是想讓那個人知道，她有一個很厲害的醫生朋友，但是因為那個人的妻子已經死了，她卻還這麼說顯得真奇怪。那個人似乎有些驚訝，我覺得他是在努力不哭出來。接著他輕聲地說：「我們沒有去錫安山醫學中心。」

通常情況下，媽媽都會因為自己說出這樣愚蠢的話而感到尷尬，但是因為她喝多了，她並沒有意識到她讓那個人心情不好。因此，媽媽沒有道歉，反而說：「我和喬伊絲從大學時代就是朋友。她真是才華橫溢，而且博覽群書。」那個人只是點點頭。

媽媽說她得去「梳洗一下」，那就是說她要去拉屎，因為媽媽一喝酒就拉屎。這時只剩下了我和那個男人。和他單獨在一起讓我感覺有點怪怪的，因為我認為他並不是真心喜歡我來參加他們的約會。我禁不住想他死去的妻子，可盡力不提及此事，但是我非常緊張，竟然說了句：「您妻子死於癌症我替您難過。」我知道我不該說這話，但是這個想法在我腦子裡揮之不去，所以有時候說著說著話也會出事的。他說：「謝謝。」這時媽媽回來了。我能看出，她一定拉了不少，因為臉上的表情輕鬆了許多。

媽媽坐下之後說：「準備來第三杯了吧，先生？」意思是她想和那個男人繼續喝下去，但是我能看出，那個男人很想回家。我也想回家，但是我知道媽媽想多待一會兒，所以我什麼也沒有說。但是那個男的看了看手錶，說了句：「我很願意再喝點兒，但是我的兩個女兒很可能在替我擔心呢。」這似乎是一個正常的家長該說的話，尤其還因為他的兩個女兒已經失去了母親。這讓我對這個鰥夫朋友產生了好感。

那個男人陪我們走到我們的車前，給媽媽一個擁抱。媽媽則回抱了很久，儘管那個男人想掙脫開她。

在回家的路上，我能看出，媽媽被這次約會攪得心煩意亂，也許她認為這在某種程度上是由於我的過錯。我也能看出，媽媽喝醉了，因為她開著車子在公路上橫衝直撞，幾乎和一個男子相撞。他搖下車窗，用西班牙語衝著媽媽怒吼。接著，媽媽也回罵了他一些髒話，把整個墨西哥人都捎帶上了。我開始哭泣，因為那個人一直在大吼大叫，真的嚇死我了，儘管他說的話我完全聽不懂。有時候，最令人害怕的就是那些讓你不懂的東西。所以，我給威士忌藍酒吧打一百三十六顆星，滿分兩千。

天使冰王1

昨晚，媽媽讓我挑選餐廳，我就選了天使冰王。我知道人們不該吹牛，說什麼你擁有全國最好的霜凍優格，這是不對的，但是媽媽總說，如果你真的努力去追求，你就能成功。既然天使冰王那麼想擁有最好的霜凍優格，竟然把自己的想法作為餐廳的名字，那麼他們的霜凍優格也許就是最好的。

媽媽還讓我帶一個朋友一同前往，我就選了馬特，不過，現在馬特喜歡別人叫他馬修了。媽媽總對馬修叫我的「小朋友」，可這聽起來很奇怪，因為馬修長得比我還要高。他也比媽媽高，而且我認為媽媽並不喜歡他，但是我想這可能是因為馬修和我是很好的朋友，而媽媽卻沒有什麼很好的朋友，而且爸爸恨她，有兩次當著我的面說他恨她，然後就走了。

我問媽媽，我們去天使冰王的路上，是否可以接一下馬修，媽媽則大聲地嘆了口氣說：「如果他在那兒和我們會面，這對大家都方便些。」我覺得她這麼說很奇怪，因為所謂的大家就是我們和馬修，而且他家就在去天使冰王的路上。但是我沒有爭辯，所以馬修就騎著自行車，在停車場和我們會合了。

媽媽和我看到馬修時，他跑過來擁抱了我們一下。馬修最近開始頻頻擁抱人了。我喜歡他這麼做，因為我喜歡人們擁抱我，但是媽媽卻有點不願意和他擁抱，因為她不習慣別人碰她，因為從來沒有人碰她。

天使冰王裡有許多口味可供選擇，這讓我感到他們真的是想在這方面做到最好。我想讓媽媽和馬修認為我選擇來天使冰王是個正確的選擇，就說：「哇塞！看他們有那麼多各式各樣的口味！」接著，媽媽就用挖苦的聲音說：「天使冰王啊，汝說話過火了！」[2]馬修和我相互看了一眼，一副強忍住不笑的樣子，因為媽媽說的話毫無道理。

馬修點了高山黑莓霜凍優格。他說他之所以點這個，是因為這個顏色最有意思。那是一種淡淡的紫色，但是馬修卻稱之為「藕荷色」。「藕荷色」這個詞我以前從來沒有聽說過，能夠聽到

編註

1「The Country's Best Yogurt」，美國最大的霜凍優格連鎖店之一。

2原文為「Thou doth protest too much」，典出《哈姆萊特》第三幕第二場「我覺得那女人在表白心跡的時候，說話過火了一些」（The lady doth protest too much, methinks.），朱生豪譯。

新鮮的詞語也是我喜歡馬修的原因之一。我問他，為什麼不選他最喜歡的口味呢？他說，他認為所有的口味大概都是同一種味道，所以最好的做法就是選擇一種「好看的顏色」。馬修說「藕荷色」和「好看的顏色」時，媽媽都翻了翻白眼。

櫃檯後面的女服務員問馬修要什麼樣的配料，馬修說他要藍莓和櫻桃。然後那個女人就說：「你只要兩種水果嗎？」這時媽媽說：「是啊！兩種水果，給我這兩個水果寶貝！」接著媽媽就咯咯地大笑起來，讓大家聽起來很不舒服。當媽媽終於停止大笑，她又說：「對不起，我是情不自禁啊。」她這麼一說，我們又感覺很不舒服。

當女服務員問我要什麼時，我決定和馬修要同樣的，因為他點的東西非常有趣。

媽媽點了一杯荷蘭巧克力霜凍優格，並問那巧克力是否真的是從尼德蘭[3]運來的。女服務員說她不知道，但是可以去查一下。媽媽卻說，不用麻煩了，她就要荷蘭巧克力了，因為那東西「太頹廢墮落了」。但是從媽媽問是否從尼德蘭來的方式，以及她說「太頹廢墮落了」的音調，我能看出，她是在嘲笑天使冰王不緊跟時尚，但是櫃檯後面的女孩並沒有聽懂媽媽的幽默，反而發自內心地說：「這是我們的一款經典口味啊。」媽媽說：「噢，聽起來真是經典口味啊。」

當女服務員問媽媽是否要配料時，媽媽說：「唉，從哪兒說起呢？你們侍酒師覺得巧克力棒碎末怎麼樣？」但是那位女服務員沒有意識到媽媽在嘲笑天使冰王，就說：「巧克力棒碎末真的很受歡迎。」媽媽說：「噢，那是當然了。」說完又咯咯笑了起來。

這時，我和馬修悄悄地對視了一眼，因為我們認為，兩個人在談話時，其中之一在嘲笑對方，而另一個人卻在認真對待，這可真夠奇怪的。這同時也讓我很可憐天使冰王的那位女服務員，因為她不知道她正在被媽媽嘲笑。與知道自己被嘲笑的人相比，她就更加可憐了，因為知道自己被嘲笑的人至少可以還擊。

吃了幾口高山黑莓霜凍優格之後，我感到一陣冰淇淋頭痛，而且痛得很厲害。媽媽說，沒有什麼冰淇淋頭痛這種事，叫我別抱怨了，馬修卻叫我放鬆，把舌頭頂住上顎舔一舔試試。他用舌頭舔上顎展示給我看，然後把我的頭往後扳了一下，讓我張嘴。但是，當我仰著頭張開嘴之後，媽媽卻像發了瘋似的說：「我的天！你們倆，去開房間吧！」

媽媽吃了幾口上面有許多巧克力棒碎末的霜凍優格，但是我能看出來她並不喜歡，其實我大概預料到了，因為她點單時幾乎全是懷著一種嘲笑之心。最初，我很同情媽媽得吃這種自己不喜歡吃的東西，但是隨後我又意識到，媽媽也可以選擇我和馬修點的口味啊，因為我們兩人點的口味既好吃又好看。而她卻故意要刻薄，結果選到了難吃的東西。

從某個方面說，馬修很像天使冰王。幾個星期之前，他剛把自己的名字從馬特改成了馬修，他就開始稱我是他最好的朋友。最初我覺得很是奇怪，因為我並沒有把他當作我最好的朋友。我喜歡陶德和卡拉的程度和我喜歡馬修一樣。但是，馬修愈是管我叫他最好的朋友，我就愈感覺像

3 Netherlands，即荷蘭，英美一般稱Holland。

是他最好的朋友，而且我愈是喜歡他，我喜歡陶德和卡拉就愈少些。所以我想，馬修就像天使冰王一樣，因為他們都說自己是某個領域裡最好的，不等別人同意還是不同意。我知道，這話聽起來很像馬修和天使冰王要有什麼關係，但其實是因為我喜歡一起想同時發生的事情。

媽媽正好是馬修和天使冰王的反面。她從來不說她是個好母親。事實上，每當談起自己做母親時，她都說這樣的藉口：「天知道，我又不會獲得年度母親獎」，或者，「上帝知道，我也犯過錯誤。」但是天使冰王說他們是全國最好的優格，馬修說他是我最好的朋友，所以我想在某種程度上，這迫使他們更加努力來成為最好的。但是媽媽卻從來不說她是最好的母親，這樣她也許就沒有任何壓力得那麼做了。也許總想著失去年度母親獎或者犯更多的錯誤，才是她的壓力。

我所知道的就是，我真的很喜歡上面放有藍莓和櫻桃的高山黑莓霜凍優格，我真的很喜歡馬修。而媽媽則是老發脾氣，又和爸爸離了婚，而且不喜歡上面有巧克力棒碎末的荷蘭巧克力霜凍優格，儘管有那麼多別的選擇，她卻仍然選擇了那個。

我知道我更渴望像馬修和天使冰王那樣，因為當你說你在什麼事情上做得好時，這會讓你更加努力去做得更好，而當你說你做不好什麼事情時，這會讓你更加努力去做得更糟糕。所以，我給天使冰王打一千九百五十四顆星，滿分兩千。

羅伯特・弗羅斯特小學食堂

今天學校發生了一件怪事，老師們為這事都感到很驕傲，可學生們卻認為很愚蠢。我立場並不鮮明，但是覺得應該介於這兩者之間。

我們學校被選入「健康午餐，健康選擇」這樣一個新計畫。在該計畫中，名廚們給我們學校餐廳做午餐，食物既應該營養健康，又應該美味可口。我知道這兩個目標聽起來像是對立面，但是學校正在致力於讓這兩個目標可以是同一件事情。

午餐之前，校長召開了全校大會，並在會上向我們祝賀，這顯得很怪，因為我們什麼也沒有做，我們只不過來這所被「健康午餐，健康選擇」計畫選中的學校上學罷了。校長旁邊站著一位笑容可掬的大廚，現場還有拍照的攝影記者。不管記者們從哪個角度拍攝，大廚好像都很配合地面朝他們。

校長說，我們參加了一場食品革命，我們很有幸請來這位名廚親自給我們做第一頓新午餐。

可我們並不覺得幸運，因為沒有人在意這位大廚，或者校長，或者吃午餐。我們吃午餐只是因為它在課表上。

正常情況下，學校會在星期五的中午提供諸如義大利麵和肉丸子，或者炸魚柳、披薩之類的食物。但是那些東西我從來不吃，因為儘管他們做的食物不同，但通常都是同樣奇怪的口感，而且將這些食物放在托盤上的服務員是一個戴著髮網的凶巴巴的女人，她的樣子非常嚇人，而且她還會張著嘴嚼口香糖。

我每天都吃同樣的東西：一塊巧克力——碎巧克力馬芬，就是說，這塊馬芬是巧克力味的，上面還有巧克力碎末。我知道一塊馬芬聽起來不夠吃，可那不是正常規格的馬芬。它們真的很大，而且真的很鬆軟，最上面有個脆皮，非常好吃，可以像口香糖那樣嚼，也可以吞嚥進肚裡。

至於喝的東西，我總是來一瓶思樂寶水果飲料，實際上是檸檬思樂寶，但是檸檬是基本口味，所以我只說來瓶思樂寶，他們就給我檸檬思樂寶。我每天吃的喝的都是同樣的東西，因為知道這些東西天天都在那裡，讓我感覺不那麼緊張。

有時，如果媽媽因為對生活決策的恐懼而睡不著覺，就整晚不睡覺，給我裝一份午餐，以此來分散注意力，忘掉那些可怕的想法。

但是媽媽裝的午餐實際上根本不能吃。有一次，她給我裝了一條多汁水果口香糖、一盒牙籤，還有一張紙條，告訴我放學之後在學校多待一會兒，因為有一位紳士朋友要過來。今天，她給我裝了奶油、一盒乾通心粉和乳酪，以及一盒火柴。我想她只是在夜間清空一下冰箱，把她不想要的東西拿出來，放進垃圾袋裡準備扔掉，或是裝進我的午餐袋裡。

話說回來，今天那位名廚所做的午餐有些與眾不同，我之所以把它們寫下來是為了記住這些食物的名字。這些食物我從前真的沒有見過，也不想再見，因為它們令我感到噁心。

第一道料理叫烤甜菜根芝麻葉沙拉。這道菜很像沙拉，卻沒有生菜和番茄，反而有苦苦的菜葉子，這立刻就讓我們都想嘔吐在桌子上，而甜菜根是一種深紅色的球狀物，有點像帶血的糞便，而且我發現，最近我拉的屎真的和那東西一樣。

第二道菜叫蒔蘿水煮鮭魚。鮭魚的味道就像在嚼一張紙一樣，蒔蘿嘗起來則是猶如割草機割草的碎末塞進了我牙齒的感覺。

而甜食也根本不像甜食。是一種叫作糖煮水果的東西，其實就是果醬的同義詞，又熱又稀，很像芝麻菜與甜菜根沙拉加在一塊兒的嘔吐物。

當我們吃噁心的沙拉時，大廚和攝影師來到了我們的餐桌前。他用手臂摟住我們，衝著攝影師微笑，還一連串地說些傻話：「當心糖尿病！來一勺糖煮水果吧！」或者，「我想我看見了一條鮭魚正在逆流而上，給我們送來了Omega-3脂肪酸！下一站，開發大腦！」他甚至沒有意識到我們憎惡他做的料理，而且在某種程度上，我們也憎惡他，憎惡他毀了我們的一天，也許還永遠地毀了我們的午餐。

即便他們做的東西真的好吃（實際上並不好吃），學校也不該讓我們立刻來吃的。他們應該一點一點地讓我們適應，比如，如果真的需要，他們可以在披薩上面放一點蒔蘿碎末。他們認為努力讓我們變得更加健康是在做好事，這我理解，但是給人的印象卻是，他們只是沉醉於請來了那位大廚，而忘了考慮我們想要吃什麼了。

這就像僅憑大人們認為這是個好主意，我們就會認為那是個好主意一樣。但是小孩子的想法和大人是不一樣的。大人花了那麼多年的時間去思考，想法和別人愈來愈趨同，因為你與別人生活的時間愈久，你自己獨特的想法就愈少，與別人的想法就愈像。但孩子們是新人，所以，我們的想法仍然是更加正常一些。正因為如此，我給羅伯特・弗羅斯特小學和「健康午餐，健康選擇」計畫打兩百五十六顆星，滿分兩千。

有機齋與聖熱納洛街頭市集

昨晚，媽媽和我去了兩處非常有趣的地方吃東西：一家有機餐廳和一個街頭市集。儘管這兩個地方有著天壤之別，可是，它們都讓我以一種新的方式想到另一處，所以我就把這兩個地方放在一起來寫。

我們去的第一個地方叫作有機齋，是一家有機食品的素食餐廳，感覺就像去醫生那裡吃飯一樣。在餐廳外面，有機齋牌子下面寫著「幫助地球生長」，這句話聽起來不通，因為地球現在已經停止了生長，這個知識我很早以前就學過了，我已經九歲了。

在有機齋餐廳裡，服務員給你拿來菜單時，同時也遞給你一本叫作《有機聖經》的小冊子。我猜那是根據真正的《聖經》，一部關於耶穌基督和上帝的故事書而取的名字。《有機聖經》頁數不多，當媽媽裝作在讀這個小冊子時，我倒是真的看了。

《有機聖經》讀起來有些吹牛，裡面說的盡是些關於有機齋有多麼了不起的話，比如，

「在有機齋，我們把所有有機食材都製成混合肥料，拂去在地球母親美麗的皮膚上留下的輕輕腳印。」我想，也許回收是個好主意，但是說什麼「地球母親美麗的皮膚」之類的話，顯得很是愚蠢，感覺這小冊子像是由一個怪異的孩子寫成的。

儘管這裡的食物都是些令人厭惡的生菜，媽媽卻假裝她很喜歡這些食物，裝作她平時就吃這些食物，因為當男服務員過來詢問我們吃得怎樣時，媽媽莞爾一笑地說：「是的，我很喜歡這種醬汁。這是什麼啊？」服務員回答說：「是蘆薈。」媽媽馬上說：「我想也是的！我們在家裡一般也吃這個。」服務員又說：「很好啊，這東西能疏通消化道，還有暖胃的功能。」但是我能看出，媽媽不懂他說的話，因為她說：「啊，最近我看了些關於癌症的文章。」服務員只是點了點頭，因為媽媽說的話讓人不知道如何反應。

當服務員問我們要不要甜點時，媽媽撒謊說：「好啊，讓我看看菜單。」服務員說，店裡沒有甜點菜單，不過「今晚的甜點是蘋果」。一聽這話，我和媽媽都笑了。媽媽說：「只有蘋果嗎？」服務員解釋說，店裡的蘋果可不一般，是從國家另一端送過來的。他似乎對他們的蘋果很是自豪，我因自己笑了他們而感到自責，但是媽媽並沒有感到自責，仍然在笑他，最後說：「我們買單吧。」我想，我比媽媽容易對人產生自責感，我和媽媽之間的這一不同我先前就注意到了。

我們離開有機齋之後，媽媽說的第一句話就是：「誰給我弄一個漢堡來！」但是我不知道她在和誰說話，而且我這個年紀也不能單獨去買吃的。

當我們往停車場走時，我們經過了聖熱納洛街頭市集。媽媽說，這是「義大利人每年會在街上舉行一次的聚會，散會後全城都得給他們清理垃圾」。不過食物聞起來好香啊，尤其是我們剛從有機齋出來。有機齋裡的味道就像剛剛清洗過的廁所一樣。我問媽媽，我們是否可以從街上的攤位上買些吃的，媽媽說，這裡所有的食物都非常噁心。我說，有機齋那裡的食物也非常噁心啊，這點媽媽同意，但又說，至少有機齋那裡的食物不會要我們的命，而聖熱納洛的東西則不好說。

我要媽媽給我買義式甜甜圈，就是那種上面撒了糖粉的油炸麵團。義式甜甜圈這種食物吃的時候非常好吃，但是吃完會讓你感覺噁心。我想，正是因為這個原因，聖熱納洛街頭市集每年只舉行一次。

媽媽說不給我買甜甜圈，但又說：「我們的報酬是西西里義式捲餅。」我問媽媽為什麼說是「報酬」呢？媽媽就說：「攝取過蘆薈之後，我應得一大塊牛肉和一塊生日蛋糕。」好奇怪，媽媽認為吃自己不喜歡的東西，如同做了一件艱苦的工作。

在我們尋找西西里義式捲餅的路上，我們路過了四個賣這種食物的攤位，每個攤位上寫的牌子都不一樣。

第一個西西里義式捲餅的攤位上這樣寫道：「全城最好的西西里義式捲餅。」

第二個西西里義式捲餅的攤位上寫的是：「最古老的西西里義式捲餅作法。」

第三個西西里義式捲餅的攤位上竟然這樣寫道：「天下最好的西西里義式捲餅！！！」

第四個西西里義式捲餅的攤位上沒有任何牌子。只在玻璃窗裡展示著西西里義式捲餅，外觀和所有其他攤位上的一模一樣。

媽媽輕聲嚴肅地對我說：「好吧，先生。我們選哪個？」聽起來這像是一場重要考試。我說，我認為它們大概都一樣，選擇哪個都無所謂，但是媽媽說，我們必須選出最好的。

因為沒有辦法知道哪個西西里義式捲餅最好，我們只能根據牌子上寫的東西來確認哪個最好。我絞盡腦汁地想來想去。最開始我想，每個牌子或許能夠吸引不同種類人的眼球，根據他們所選擇的西西里義式捲餅，可對這些人略知一二。比如，真心喜歡紐約的人會走到那個牌子上寫著「全城最好的西西里義式捲餅」的攤位去買，而老年人或者大廚就會走到牌子上寫著「最古老的西西里義式捲餅作法」的攤位去買。

但是我決定到那個沒有牌子的攤位買，我是這樣想的，這個攤位不掛任何牌子，說明他們不想向我證明任何東西，我最喜歡他們。而且，從某個方面來說，我不喜歡有機齋的原因也和我不喜歡這些牌子的原因一樣：他們愈是告訴我他們有多麼了不起，告訴我他們是如何在幫助地球，我就愈是不想相信他們。

我說：「我想在那個沒有牌子的攤位買西西里義式捲餅。」但是媽媽卻逕自走到那個「天下最好的西西里義式捲餅！！！」攤位前，買了兩個。我問媽媽為什麼選擇「天下最好的西西里義式捲餅！！！」呢？她說：「這是天下最好的西西里義式捲餅啊！就是說，再沒有比它更好的了。全天下啊！想想吧！」

我確實想了想。我想媽媽做錯了。僅憑誰說什麼並不意味著那就是真的。我想，誰愈是說什麼，他說的東西就愈有可能不是真的。所以，我給有機齋打一百四十七顆星，給聖熱納洛街頭市集「天下最好的西西里義式捲餅！！！」打一百六十二顆星，滿分都是兩千。

與純素食者一起過感恩節

昨晚，媽媽和我去了一個純素食者家過感恩節，感覺就像去寺院過耶誕節一樣。媽媽說，純素食者是「一群不吃肉、不吃乳酪，也不刮鬍子的人」，因為媽媽不喜歡做飯，她決定我們需要去鄰居家裡過感恩節。

感恩節是我小時候最喜歡過的節日，因為媽媽、爸爸和我會開車去爸爸的父母家裡，爸爸和我會到爺爺家後院的大山上滾山坡，奶奶和媽媽則在屋裡做飯。

但是爸爸離開媽媽去愛另一個女人之後，媽媽就說我不許再和爸爸的父母說話。我認為這不公平，因為他們是我的爺爺奶奶，我們自有我們的關係。

我喜歡感恩節的另一個原因是有好吃的。奶奶會做一隻非常大的肉汁豐富且填料滿滿的火雞，大家都大驚小怪且熱切地看爺爺切火雞，好像他的這門特殊技藝我們永遠也學不會。

但是我們純素食的鄰居不吃火雞或者肉汁，紅薯上面也不放棉花糖，因為他們說棉花糖是用馬蹄製作的，這我可不知道，也希望他們說的不是真的。

純素食的鄰居不僅不吃火雞，而且還將戴有鏡框的兩隻火雞的圖片放在感恩節餐桌上，圖片下面是兩隻火雞的名字：「梅布爾」和「陶德」。看到火雞的圖片讓人感覺很是奇怪，因為沒有人會真的給火雞照相，讓人感覺更加奇怪的是，火雞竟然有名字，沒有人會給火雞取名字，尤其還是「陶德」這樣的名字，它聽起來很像一個會跟老師要更多作業的男生的名字。

所有的食物都貼上了小火雞形狀的標籤。我認真地記下了這些名字，為的是在以後的感恩節上避開它們。主菜是「香薄荷薯泥餡小扁豆蘑菇麵包」和「楓糖漿釀豆腐」，配菜是「無麩質（！）菠菜烤小馬鈴薯」和「香草杏鮑菇番薯泥」（還是沒有棉花糖）。

看著這些食物的奇怪名字，我突然很想爸爸，而且我覺得媽媽或許也在想爸爸，儘管她總說她恨他。我認為，即便你憎恨什麼人，在過節時也很容易想念他們。

在我們可以吃飯之前，我們必須要輪流說些感激什麼的話。在爺爺奶奶家，我們也要說這些話，但那更像是開玩笑。場面總是滑稽並帶有嘲諷的意味，比如爺爺會說：「感恩奶奶沒有像去年那樣把火雞烤焦了。」而奶奶會對爺爺說：「我要感恩的是，你的牙掉了，現在你只能吃番薯了。」

但是純素食的鄰居卻說了些非常嚴肅的話，比如「家庭」和「團結友愛」之類的話，這時，媽媽就會衝著我翻白眼，我也衝著她翻白眼，這讓我感覺很好。我很喜歡媽媽對我翻白眼，因為這感覺像是我們之間藏有一種不宣的祕密。

鄰居家的純素食媽媽說，她要感恩她的「良心受到了啟迪」，重要的是，「在這個黑暗的節日裡，我們要銘記諸如陶德和梅布爾這樣的火雞。」她說，火雞是一種「喜歡音樂和舞蹈的，漂亮而聰明的生命」。這話有些奇怪，而且很可能並不屬實。可是接下來，她又描述了火雞是如何被宰殺的，這讓我真心感到內疚而且噁心。她說，火雞在被宰殺之前，都被塞進連轉身都不能的小籠子裡，而且為了不讓火雞相互攻擊，還用滾燙的刀片把牠們的喙和爪都割掉，再用滾水活煮牠們來去毛。我在想像我也被關進了小小的籠子裡，既不能轉身，又被割掉了腳趾，然後被滾水煮。換位思考這種做法叫作「同情心」。媽媽都說我同情心氾濫。

鄰居家的純素食媽媽向一幫準備吃豆腐的人描述火雞是如何被宰殺的，我覺得這很奇怪，感覺有點像在向我出售我已經穿在身上的襯衫。

我並不是完全認為純素食的人們很古怪。就某種程度來說，吃禽類更古怪些。我們都會認為，到野外去獵殺一隻鳥，把牠的腦袋揪掉，然後在其體內加上油炸麵包丁和芹菜，放入烤箱烤熟，這種做法令人作嘔，但是我們卻出於某種原因，認為去超市買回一隻火雞煮熟很正常。我猜關於吃火雞這事，我的觀點很偽善，我真的不知道該怎麼想這事。

我想，動物們被這麼殘忍地宰殺很令人傷心。但是，我從前能和爺爺奶奶一起過感恩節，而現在因為爸爸愛上了另一個人，媽媽就不允許我和爺爺奶奶說話，這同樣很令人傷心。我覺得世界上有很多令人傷心的事情，有時候你與你愛的人一起吃火雞會讓你快樂，如果火雞知道牠的肉發揮了這種作用，那麼也許火雞也會高興的。只是也許，也可能牠一點也不。

如果火雞真的喜歡音樂和舞蹈，也許牠也會想知道我和爸爸在爺爺家的後山上滾山坡，然後才吃牠的肉。只是也許，也可能牠一點也不想知道。也許有些事情我現在還很難理解。只是也許，也可能不那麼難理解。所以，我給純素食鄰居家的感恩節打一千顆星，滿分兩千。

馬修家

昨天晚上我在馬修家吃晚飯。媽媽說，馬修家是一個「破裂的家庭」，因為馬修的父母離婚了。我問媽媽，她和爸爸也離婚了，我們是否也生活在一個破裂的家庭呢？媽媽說：「不是。」我問她有什麼不一樣，她說：「我們還有錢，而那個女人只有憤怒和不孕症。」

我認為媽媽不喜歡馬修的媽媽。她總稱她為「鼻子整形失敗的蕩婦」，但是我只稱呼她為寶拉，因為有次我稱呼她「費希爾小姐」時，她說：「叫我寶拉吧。」

我認為媽媽也不喜歡馬修。她總是開這樣的古怪玩笑：「幾年之後，你們倆終究會坦誠相待，不辜負對方的。」我覺得媽媽這麼說很奇怪，因為馬修和我幾乎一直都是坦誠相待的，一直撒謊的是媽媽。事實上，每當我們要見到她的某個朋友之前，媽媽都會讓我記住一連串的謊話，比如，「卡蘿認為我有個哥哥在克利夫蘭的醫院工作」，或者，「丹妮絲不知道我離婚，她以為爸爸死了，就這麼隨她去吧。」

拉達。

媽媽說馬修和寶拉沒有錢，這倒是對的。他們住的甚至不是一棟真正獨立的房子，而是一處和其他古怪的建築連接在一起的又小又古怪的房子。馬修稱這房子為「連棟住宅」，但是媽媽卻說是「貧民窟」。我問媽媽貧民窟是什麼，她叫我去問每個星期四來我們家打掃的清潔員艾絲梅拉達。

他們甚至連車子都沒有。媽媽說，寶拉靠給人「打手槍」來換取「搭同情車」去上班的機會。我問媽媽什麼是「打手槍」，媽媽要我去問艾絲梅拉達。

開飯前，寶拉說：「小夥子們，一定要把爪子洗乾淨了！」馬修就像獅子那樣吼了一聲，他們兩人就都哈哈笑了起來。我想問他們在說什麼，但是我不好意思問。

儘管媽媽說這只是一頓「中檔餐」，但是寶拉做的這頓晚飯真的很棒。所謂「中檔餐」並非十分高檔的料理，但是也並不便宜。媽媽說我們不該吃「中檔餐」。我和媽媽吃飯，要麼就吃一頓高檔的大餐，比如去一家高級餐廳什麼的，要麼就是吃一頓非常廉價的飯，比如媽媽從食物櫃裡給我拿出一罐豆子，再從手提包裡拿出一顆薄荷糖作為甜食。媽媽說，吃幾頓廉價飯可以讓我們有更多的機會去吃頓高檔的，而「中檔餐」則完全是一種浪費。

但是寶拉做的飯卻是「中檔餐」，不過真的很棒。她做的沙拉是正宗的沙拉，可是卻放進了一些橘子片和越橘片等有趣的水果。沙拉真的很好吃。寶拉說，這一碗沙拉足以給我們提供一天所需要的蔬果營養。聽起來真是個好主意，同時也讓我想到，我所吃的蔬果通常不太夠，我甚至沒有意識到我該好好地注意每天的營養攝取。

寶拉做的主菜是鹹派，很像真正的派。上面撒有菠菜、雞蛋和起司，味道好極了，我又要了好幾次，可是媽媽卻要我別養成這樣的習慣。鹹派的底部很柔軟且非常好吃，入口即化；餅皮的四周像餅乾那樣酥脆，乳酪和菠菜則在鬆軟的雞蛋中融合在一塊。我知道我這麼說很是古怪，但是與人們真正該喜歡的派相比，我更喜歡寶拉做的這種鹹派。

當我告訴寶拉我是多麼喜歡她做的鹹派時，她用一種聽起來像海盜的奇怪聲音說：「哎呀，小夥子，你還真會恭維少婦啊！」

我不知道她在說什麼，所以我只說：「不用擔心。我不認為你是少婦。」

接著，馬修和寶拉就怪怪地互看一眼，笑了起來（我想是在笑我）。

幾分鐘之後，馬修灑出了一點汽水在桌上，寶拉又用她那海盜般的聲音說：「哎呀！現在得關你禁閉了，兄弟！」

接著，馬修也用海盜般的聲音說：「啊！當我最飢餓的時候，卻要關我的禁閉！」

接著，寶拉又用另一種海盜的聲音說：「你最好用餐巾紙把這地方的汽水給我擦乾淨！」

接著，馬修也用海盜般的聲音說了些什麼，然後他們兩個人都用海盜的聲音又說又笑。

我想也許我也該用海盜的聲音說話，但是我從來沒有練過那種聲音，也許學得不像。我說不準他們是在笑話海盜的聲音呢，還是在笑他們說的台詞。而且我還擔心，如果我只模仿聲音，卻沒有說對海盜的台詞，他們會覺得我很愚蠢。

最古怪的地方是，馬修是我最好的朋友，可是我以前卻從來沒有聽他模仿過海盜的聲音。

有時候在學校，他會裝作是南方來的貴婦，那樣子滑稽得要命。他用手掌在臉前扇來扇去，猶如一把老式的扇子。他邊扇邊說：「我的那位情人看到我沒有化妝的樣子了，但願他沒有被我嚇著啊！現在我簡直頭昏眼花了！」真是太滑稽了。

但是每次馬修和寶拉用海盜腔調說話時，我都感覺自己像「第三個車輪子」。這個詞我是最近從媽媽那兒學來的。爸爸離開媽媽之後，媽媽就不想和已婚的朋友們出去吃飯了，因為她說，那讓她感覺自己像「第三個車輪子」。當我問她那是什麼意思，她說，第三個車輪子就是「沒有人愛的人」。我能看出來，媽媽對於自己是第三個車輪子感到很傷心，所以第二天早上，趁媽媽還沒有起床，我就到車庫裡，把我的小三輪車推到媽媽的臥室裡。我寫了一張字條：「你是第三個車輪子，但是我愛你。」我把字條放在三輪車的座椅上。媽媽醒來時，把我叫到屋裡，她哭著擁抱我，然後說我「太貼心了！」但是我必須「趕緊把車子推出去，這車子輾過的地方都是塵土」。

媽媽總是這樣對我。她先是對我說好話，接著立刻就對我吼叫。比如，她不會只說：「你太貼心了。」她必須要說：「你太貼心了，但是趕緊把車子給我推出去。」儘管她對我吼叫會傷害我的感情，但我也欣然接受，因為這是我和媽媽之間所擁有的一個模式，這是我們的模式。我覺得這和馬修和他媽媽的海盜腔調有些相似。我想，每一種親情關係都有一種模式，也許這個模式要比模式裡面的內容更加重要。就像海盜腔調要比海盜台詞更加重要一樣。

我琢磨著，即使有些人像媽媽這樣性情糟糕，但是如果你非常瞭解他們，他們對你仍然具有特殊意義。比如說寶拉真的十分正常，也不對我吼叫也不罵我，但她不是我的媽媽。有時候，十分瞭解某些人要比喜歡他們更加重要。正因為如此，我給馬修家打兩百一十九顆星，滿分兩千。

法得客[4]和一個不靠譜的新朋友

昨天，馬修和我去了法得客，一個聽起來有點像在罵人，實際上是在賣令人噁心的漢堡的地方，而且漢堡還得自己親手做。

我們要見一位馬修在網路上認識的叫作萊爾的人。萊爾要馬修三點鐘在法得客見他，但是馬修堅持我們要提早幾分鐘到那裡，「這僅僅是出於禮貌。」萊爾還說我們要單獨前來，不能帶父母。這對我來說沒問題，因為媽媽一直在鼓勵我體驗一些「沒有她在」的事情。但是馬修就得向他媽媽說謊了，他說我們放學後得留在學校做一項科學計畫。

放學時間一到，馬修就抓住我的手臂，一起溜出後門，經過公車，開始朝法得客的方向走。

4 Fuddruckers，一間美國連鎖速食店。

一路上，馬修不停地給我講新朋友萊爾的事情。他們兩人都是「連環17樂團」的粉絲，因而在網路上認識。「連環17」其實只有四位只唱歌不演奏樂器的少年，還算不上是真正的樂團。媽媽教過我，像那樣的樂團不應該被稱作樂團，因為「他們存在的目的只是為了加快胖妞和戀童癖的心率」。

不管怎麼說，萊爾是「連環17樂團」粉絲俱樂部的會長，當他看到馬修發了一張他在一場音樂會上的個人照片之後，就給馬修發送電子信件。馬修不住地說萊爾「非常滑稽」和「非常成熟」，而且知道「連環17樂團」每一首歌曲的歌詞。我想說：「那很容易，他們唱的所有歌聽起來都一樣。」但是我不想傷害馬修的感情，所以我只說了句：「酷。」

馬修從沒有見過萊爾，我很高興他帶我參加他們的第一次碰面，但是也感到了某種惱火，因為馬修似乎很喜歡他。我知道這麼說很可能顯得有些古怪，但是馬修愈是談論起萊爾，我就愈是憎恨萊爾。

我知道馬修為什麼這麼喜歡他。在網路上喜歡某個人很容易。當你面對面地認識某個人時，你則不可能迴避他們任何的古怪之處。比如馬修把指關節弄得咯咯作響就挺惱人的，如果萊爾知道馬修總是弄響指關節，也許他就不會喜歡他了，但是他的這個煩人習慣我卻知道，而且仍然喜歡他，這就說明我們的友誼是真的。

我們在三點整來到了法得客。我能看出馬修因為我走路慢而對我有些惱火，因為他說：「你這身體好像有點差勁啊。」我們朝四周看了看，沒有發現單獨坐著的少年，所以馬修和我就在靠窗的一張桌子旁坐下來等萊爾。我能看出馬修有些緊張，於是我問他：「要不我去做幾個漢堡？」因為在法得客餐廳，漢堡得自己做。但是馬修卻感覺像是瞪了我一眼，並用刻薄的聲音說：「那萊爾會怎麼看我們？」

我正想著萊爾會如何看我們，這時就聽到了警笛聲。我向窗外望去，看到四輛警車吱嘎停在停車場。馬修趕緊把頭鑽到桌子底下，說：「我媽媽發現我不在學校了！」

但是之後我就看到了警察為什麼來這裡：他們正將一個男子頭朝下摁在地上，給他扣上手銬。在現實生活中看到一個人被警察逮捕，感覺很奇怪。通常電視上被警察逮捕的人，都是邊掙扎邊對著警察怒吼，但是這個人卻靜靜地躺在地上。幾乎像是他在等著被逮捕一樣。

馬修開始弄響自己的指關節。出於某種原因，這倒讓我安靜了下來。

這時，最奇怪的事情發生了。那個男子戴著手銬站了起來，把頭轉向了我和馬修，透過窗子看著我們，並對我們露出了微笑。這讓我們毛骨悚然。真是詭異的傢伙！他穿著鬆鬆垮垮的運動長衣長褲，身上還有弄濕的痕跡，好像這身衣服他已經穿了很久，或者因為邊看電視邊吃便餐而把衣服弄髒。

我小聲地對馬修說：「這裡我們別再來了。」馬修也小聲地說：「真等不及把這事告訴萊爾！」

那個人被警察帶走之後，馬修和我就開始邊製作漢堡邊等萊爾，可是萊爾卻根本沒有出現。

事實上我有一種如釋重負的感覺，但我並不想讓馬修難過，所以我說：「他很有可能正忙著『連環17樂團』的事呢。」

馬修就說：「是啊，他是會長，我告訴過你吧？」

我很想說：「是啊！你都說過一萬遍了！」但是我卻說了句：「酷。」

馬修看了看錶，說：「如果十五分鐘之內他還不來，我們就可以走了。」於是馬修和我就繼續等著，但是我有一種感覺，萊爾不會出現了。

其實，就這樣和馬修坐在一起真不錯。我發現我們已經有一陣子沒有這樣做了，這讓我覺得，即使馬修喜歡萊爾，也不重要了。即便在網路上你和某某人是最好的朋友，你也不可能這麼安靜地和他們坐在一起。有時候，當馬修和我安靜地坐在一起時，我最喜歡他。馬修可以弄響他的指關節，儘管這種聲音讓我感到噁心，可是也讓我感到我是真實的。

正因為如此，我給法得客餐廳打一千零六十二顆星，給萊爾打九十七顆星，滿分都是兩千。

水煮小龍蝦和爸爸的新家庭

上個星期，我去了一趟爸爸在路易斯安那州紐奧良的新家。爸爸說，這座城市證明了「窮人比富人更幸福」。我在那裡的每一天，吃的午餐都完全一樣：水煮小龍蝦。

所謂的水煮小龍蝦就是，將很多看似蝦和蜘蛛雜交出來的古怪生物放進一大鍋滾燙的水中，裡面還有大蒜、玉米和馬鈴薯。然後把煮熟的小龍蝦取出來，去掉蝦頭和蝦尾，只吃身體中間的那部分。也就是說，得花很多時間去吃一塊又小又難咀嚼的肉。

我想，某種程度上來說，水煮小龍蝦很像爸爸在紐奧良的新生活：他工作得非常辛苦，而得到的報酬卻是微乎其微。

發生在爸爸身上的故事是這樣的：爸爸離開了我和媽媽之後，就搬到紐奧良去「尋找自己」。當時我不知道那是什麼意思，但是媽媽說，他去那裡就是為了尋找一個「偷走他錢財的更性感、更愚蠢的女人，而那女人會給他帶來一種自己依然還有魅力的假象以作為回報」。

但是爸爸的新女友伊慈並不愚蠢，而且絕對不比媽媽漂亮：她留著像男人一樣的短髮，牙齒長得很怪，而且穿著骯髒的靴子和破洞牛仔褲這類的男裝。她還經營一家大型的建築公司，是給那些在颶風中丟了家園的窮人們蓋房子的企業。爸爸來到紐奧良時，開始以志工的身分替伊慈的公司蓋房子，然後就愛上了伊慈。這似乎不是一件很容易的事情，因為她的頭髮、牙齒和衣服都那麼不中看，但是我猜，愛她比愛媽媽更容易些，因為媽媽總是對著爸爸大吼大叫。現在，伊慈和爸爸共同經營這家公司，並一起照顧伊慈的兒子艾德格。艾德格五歲了，不是什麼好人。

伊慈絕對不是因為爸爸的錢才喜歡上他的，因為他們的生活方式就像無家可歸的人那樣，如果無家者也可以有房子住，但仍然可以被叫作無家者的話。他們住的房子又難看又小又破爛，後院雜草叢生，盆栽都在破盆破罐裡。他們的工作是重建別人的家園，可他們自己卻過著這樣的生活，我覺得很有趣。他們像是在懲罰自己沒在颶風肆虐中丟掉自己的房子。

看到新生活裡的爸爸也讓我感到很怪。他比我印象中的樣子要老些，也要年輕些。他蓄起鬍子，臉色黝黑而且布滿了皺紋，但他又顯得鎮定，身體裡似乎蘊藏著更多的能量。我想我以前沒看過他笑，這真是一種奇怪的感覺，因為這是一張熟悉的臉，有著陌生的表情。而且，當他擁抱我時，我也感覺有點怪，就像一個陌生人在擁抱我一樣。他抱我抱得很緊而且時間很長，但並不是本意如此的那種，好像在為他去年沒有來看我或從來沒擁抱過我而做出補償。我試著拍拍他的背，因為我覺得這樣做可以結束我們的擁抱，但是他卻也開始拍起我的背。就這樣，我們緊緊地相互擁抱並且相互拍著背，但是我拍他背的目的是為了結束擁抱，而爸爸拍我的目的則是為了繼續擁抱下去。

爸爸說，伊慈正在外面給一家窮人蓋房子，她會及時趕回來吃午飯。午飯是在後院吃水煮小龍蝦（驚喜！驚喜！）。這時，伊慈的兒子艾德格像剛從籠子裡放出來的狗一樣，跑過整間屋子。他五歲了，卻表現得小得多，而且很髒，不和人眼神接觸，鼻子底下總是掛著一串乾鼻涕，有時還伸出舌頭往上舔那串鼻涕。看他這樣很令我噁心。

我想我或許該嫉妒艾德格，因為爸爸現在正在照顧他而不是我，可是當我看到爸爸和艾德格在一起的時候，我卻為艾德格感到傷心。爸爸感覺像在裝作艾德格根本不存在。他就這樣讓他在屋子裡橫衝直撞，撞這兒撞那兒的，甚至沒把他介紹給我。這時我開始想起從前爸爸也是這樣對待我的，我卻從來沒有注意到，因為他是我的爸爸，我已經習慣了。我想，當事情不是發生在你自己身上時，你能更容易地看清楚別人的行為。

當伊慈回家時，爸爸想抱一抱她，但是她說：「看我髒兮兮的。」就直接走進廁所了。我們聽到水打開的聲音時，爸爸轉向我，有些尷尬地笑笑說：「那就是伊慈。」

三頓水煮小龍蝦午餐完全是同樣的經歷：伊慈和爸爸談論他們給窮人蓋房子的事情，感慨這場颶風給人們帶來的慘劇，與此同時，艾德格在我們周圍亂跑亂撞，手裡拿著死掉的小龍蝦，假裝是怪獸要襲擊我們。爸爸和伊慈對艾德格不理不管，也許正是因為這樣，艾德格才沒有社交能力吧，但是他們對我也同樣不理不睬，這使我感覺自己被冷落在一旁。

爸爸從不問關於我自己或學校的事情，當然也絕口不過問媽媽的任何事情。他唯一和我說的一句話就是：「你相信嗎？」接著感慨颶風所帶來的慘劇，比如有多少人溺水身亡了，政府為什麼因為種族主義偏見而不喜歡黑人，等等。

爸爸不問我任何關於我的事情，讓我很想生他的氣，但又為生他的氣而感到內疚，因為他不理我，是在談論一些傷心的事情，這讓我覺得很奇怪。我想，他給窮人們重建家園是在做好事，但是讓我感到奇怪的是，他對紐奧良的陌生人有那麼多的感觸，卻對我，他的兒子，沒有任何的想法。

這時我又開始想起了媽媽。媽媽有點像是爸爸的相反。她每天都在做著自私的事情，根本不幫助任何窮人。當我們在街上碰到流浪漢，她會捂住鼻子，好像聞到那些人身上的氣味就會生病似的。甚至她對我也不怎麼好，但是她對我的態度至少讓我感覺自己存在著。

我想，假如我是紐奧良的流浪漢，就會喜歡爸爸比喜歡媽媽更多一些。但我只是郊區的一個小孩子，而這也不是我的錯。

正因為如此，我給水煮小龍蝦、爸爸、伊慈和艾德格打兩百一十三顆星，滿分兩千。

自然歷史博物館

昨天，我們班參觀了自然歷史博物館。在這個地方，我們本應該學習歷史知識，但實際上就是看看恐龍的骨骼並吃午餐。非常奇怪的是，看到恐龍的骨骼真的很令人傷心，因為不僅只這些恐龍死了，所有的恐龍都死了。感覺有點像是在參觀一座墓地，但是死者並沒有被埋在地下，而是在地面上被固定在一起，好像正在努力想復活過來。

但是，小學生們非但沒有為這些恐龍感到傷心，或者像在葬禮上一樣安安靜靜，反而還開著各種玩笑，做出各種愚蠢的動作。儘管這些恐龍非常嚇人，而且假如牠們活著的話，很有可能會把我吃了，但是我卻開始可憐起牠們來。

在博物館工作的女講解員給我們解釋，當時一共有三種恐龍：有些是肉食性的，也就是說，這些恐龍會吃其他的恐龍；有些是草食性的，也就是說，這些恐龍很善良，不互相咬吃；有些恐龍是雜食的，也就是說，這些恐龍什麼都吃。我們班上的一個學生比利就是雜食性的，只要有人鼓吹，他什麼都敢吃。上個星期，他吃了整整一包口香糖，連包裝紙都吃了，接著就嘔吐不止，以致錯過了體育課。

恐龍對待彼此也非常凶狠。牠們會用嘴、牙齒和爪子來相互攻擊。暴龍是其中最凶狠的一種。牠的樣子最凶狠，名字聽起來也最凶狠，吃所有其他類的恐龍。最溫和的恐龍是迷惑龍，因為牠的體型特別龐大，頭部卻非常小，而且不吃其他的恐龍。我想，身為一隻迷惑龍當時一定很可怕，因為牠只想對別的恐龍溫和友好，但由於恐龍的身分，頂著很大的壓力，得凶狠。

孩子們都想在恐龍的骨骼前面拍照，他們邊說笑邊做出愚蠢的表情，好像他們在模仿恐龍。我開始想像這些恐龍復活了，看著這些孩子們在自己的遺骨前做著這些愚蠢的動作，就突然替這些恐龍感到了憤怒。我問博物館的講解員我是否可以去廁所，她說可以，並要我回來後到博物館的餐廳和大家會合。通常我們去廁所都要帶一個夥伴，但是我真的覺得自己沒什麼夥伴，所以，我就自己去了廁所，並在隔間裡面一直待到午餐時間。

在博物館的餐廳裡，大家都得到了恐龍形狀的炸雞塊。雞塊倒是和普通的雞塊一樣，只是做成了恐龍的形狀。我想我們吃恐龍形狀的炸雞塊很奇怪，因為恐龍都已經死了，就如同我們吃牠們滑稽形狀的身體來嘲笑牠們一樣。因此我就吃了一塊花生醬和果醬三明治，但這時比利卻過來叫我娘炮，就是同性戀。我也想叫他娘炮，因為他正在吃恐龍的身體，但是我並不想說「娘炮」這個詞，因為聽起來不那麼厚道，所以我就低頭看我的三明治，感覺有點沒了胃口。我想，假如比利是隻恐龍的話，他就是暴龍，我就是迷惑龍，我不想傷害他，但是也不想被他所傷害，因為迷惑龍要比暴龍體型大許多。

在坐車回家的路上，大家都在互相發送自己站在恐龍前做出各種滑稽動作的照片。馬克・施瓦茨拍攝的照片是他緊挨著照相機，將手指伸出來，好像在摳一隻劍龍的鼻子。麥迪森・格林伍德裝作在與一隻劍龍的腿跳舞。甚至連馬修都拍了照片——他在一隻翼手龍下面來了個劈腿動作，並像鳥一樣伸出雙臂。我覺得這很奇怪，因為馬修平常的表現是很不錯的。有時候他做壞事是為了與人關係融洽，但是我想這很可能是因為他還不完全知道他想當哪種恐龍。

大家都在看著他們所拍攝的照片大笑，我卻開始感覺有些孤獨，好像我沒有參與其中，或大家都在笑一個笑話而我卻沒有聽到。我又想到，也許我應該吃那個恐龍形狀的雞塊，也應該在一隻恐龍前面拍一張做出某種愚蠢動作的照片。也許我會有幾分鐘感覺不舒服，但這樣我就能融入大家了。也許我上廁所該有個夥伴，那樣我就不用躲在廁所的隔間裡了。

我猜這大概很像恐龍必須要做的事情。牠們很可能並非總想那麼凶狠，牠們也很可能根本不想吃掉對方，但是我猜，如果想融入一個團隊，有時候不得不做出些妥協。從這方面來看，我們與恐龍之間的差別也不是那麼大。儘管我們因為穿著衣服且能講英語就認為自己更好、更聰明，也許我們都在努力地融入一個群體，即便這種融入意味著有時候必須要做些令我們自己不舒服的事情。正因為如此，我給自然歷史博物館打一千一百零九顆星，滿分兩千。

靜修堂與媽媽

週末，媽媽帶我去了一座靜修堂。所謂靜修堂，就是焦慮的人們變富有之後所去的地方。按照規定我們要在那逗留整個週末，但是我們最後在第一個晚上就偷偷地溜出來了。這聽起來不是什麼好事，但卻是媽媽和我有生以來所做過最有趣的事情。

我們剛到靜修堂，我就知道我們很可能不會在那裡度過整個週末。大門口貼著這樣的告示：「摒棄你的虛榮，放棄你的財產，重新學習如何生活。」我知道媽媽這三件事情都不會想做。整個星期我們都在瘋狂購物，主要就是為了給媽媽買性感的瑜伽訓練服到靜修堂來穿，她是絕不會摒棄或者放棄這些東西的。

我甚至不知道媽媽為什麼要去什麼靜修堂。她一直都在說她就是需要一些「自己的時間」，這似乎是在需要一種很奇怪的東西，但是讓我感覺更奇怪的是，媽媽每天都在花著「自己的時間」，因為她沒有工作，而且每天晚上都要喝酒才能睡覺。

但是媽媽露出了假笑，這已成為她唯一的笑容，她抓起旅行包說：「結束時叫醒我。」

這個靜修堂擁有好幾棟建築，都是圍著一個巨大水池而建的老式木屋。正門是一個登記處。媽媽和我進門時，看到櫃檯後面站著一個留髒辮的白人女性。我能看出媽媽在掩飾對這個女人的憎惡感，尤其是這個女人說了如下的話：「向您致敬！歡迎踏上通往內心和諧的第一步。我們的精神締造者沙吉難陀尊者曾說過：『真理就一個，路徑則許多。』儘管如此，我們仍連續兩年被《健康雜誌》評為北方湖區最好的靜修堂。歡迎！向您致敬了！」

我能立刻感覺到，媽媽立即就想從這個鬼地方逃跑，因為她很快意識到，這是某種形式的監獄，但是她再次露出了假笑，說：「向您致敬了，謝謝你。我們辦理登記。」

那位留髒辮的白人女性繼續給我們講在靜修堂必須遵守的規則，所有規則聽起來都是媽媽所憎惡的。每天早上，我們必須在五點四十五分起床，與靜修堂其他客人一起去參加一個「冥想會」。媽媽問她是否可以只派我去參加，在會上做紀錄，然後回來向她報告，但是那個女人說，冥想會規定人人都要參加。媽媽討厭的詞彙之一，就是「規定」。

那個女人還說，我們不能使用手機，還必須將我們所有的「物質財產」都放進一個「信任儲物櫃」裡，其實那就是個小小的儲物格。媽媽說，「信任儲物櫃」這個名字有點像「幸福地結婚了」，是個矛盾修辭法。然後媽媽就假笑了起來，那個女人和我互相看了看，等著媽媽停住笑聲。

媽媽問那個女人：「如果有人把我們放在『信任儲物櫃』裡的東西偷走了怎麼辦？」那個女

人說：「那你就少了一件東西的煩惱。」媽媽點點頭說：「那我現在還是自己拿著吧。」那個留髒辮的白人女性就說：「很遺憾聽到你仍為塵世所束縛。」

我們的房間離靜修堂的後門很近，緊挨那個巨大的水池。那個女人解釋說，進這個水池時「裝備可以自己決定」。很顯然，水池裡的所有人都選擇了「裸體」。那些人坐在水池的邊緣，非常隨意地相互交談，好像他們根本沒有裸著，媽媽和我都能看到他們的私處。

看到這些男男女女們裸露著古怪的雞雞和鬆垂的乳房，真令人厭惡。正常情況下，在我的房間外面看到人們裸體待在一個水池裡，我會感覺很滑稽，但是出於某種原因，看到他們這樣我真的只覺得很怪異，那感覺就像你撞見某人上廁所一樣。

媽媽和我終於來到了我們的房間，並關上了門。媽媽十分緊張地盯著我，好像我們剛剛逃離了一場戰火。我想告訴她我們應該離開這裡，說這個地方既可怕又邪門，還想說如果她願意，她可以在家裡花「自己的時間」，並向她保證，如果她把我帶回家，整個週末我都不會打擾她，也不跟她要什麼。

但是媽媽又擺出了一副假笑，說：「再一小時瑜伽就開始了。然後就是晚餐。」說完她就走進廁所，關上了門。

瑜伽在室外舉行，緊挨著那個雞雞池子。大家都神情嚴肅地坐在鋪開的印度地墊上。地墊被汗水浸得濕漉漉的，聞起來很像落水狗的味道。而且我們還得把鞋子脫掉，這讓我感覺很噁心。

媽媽穿著一條很緊的灰色緊身運動褲和一件很短的粉紅色露臍背心。我猜她大概以為自己穿著這麼短的背心很性感，但是她肚子上的肥肉從腰帶處勒了出來，讓她看上去比實際要胖。她的腰部其實沒那麼胖。

瑜伽老師是一名留著長鬍子的男子，看上去像個流浪漢。他穿著橘黃色的褲子，戴著項鍊，沒穿背心。他一開始先做了一番演講，說我們今天來到這裡的目的，就是靜坐調息、專注內心，重新學習像嬰兒那樣爬動。聽到這我笑出了聲音，因為我在腦中想像大家都像嬰兒那樣，在汗水浸透的地毯上爬來爬去。接著，他又要我們思考生命中真實的東西，忘掉我們的物質財富。他告訴我們，要專注於生活中各種重要的關係，以及我們如何與能量以及其他人相互連結。

然後他就讓我們彎腰，並且做出各種古怪的姿勢，而且大家似乎都知道自己在做什麼，連媽媽都知道。當大家都閉著眼睛做著彎腰動作時，我站起身來向四周看了看，突然意識到我是這一群人當中唯一的小孩。

這時我想到，也許媽媽並不真的想讓我來這裡；其他人都沒有帶自己的孩子來。也許媽媽帶我來是因為在他們離婚的條款上，爸爸同意支付媽媽和我一起做的任何活動的費用。也許正是這個原因，她才帶我去吃高級餐廳、度假並且來到這個靜修堂。我盡量不去想這個問題，因為這麼想沒有任何好處，但是這個想法卻揮之不去。流浪漢瑜伽老師想讓我們專注在生活中的關係，而我的主要關係就是媽媽，我開始擔心，也許甚至連這關係都不真實。

瑜伽課上完之後，我們都得去那座最大的木屋吃晚餐。人人汗流浹背，渾身汗臭味，腳上也是汗，但是瑜伽課結束了我很高興，而且我真的很餓。

不過，吃晚餐時，自始至終我的腦子仍在轉動著那個古怪的想法，也許媽媽帶我去這兒去那兒的目的，就是讓爸爸給她買單。我不停地努力驅逐這個想法，但是不知什麼原因，壞的想法總是比好的想法逗留得更久些。

吃的東西也令人噁心。全都是素菜，通常這我並不介意，但這裡吃的是那種很難吃的素菜，所有菜都放了許多調味料，目的就是讓你忘記這不是肉。

叉子是用胡蘿蔔做成的，吃完飯之後我們還必須將叉子也吃掉，這樣一來就沒有任何的浪費。碗是用海藻做的，那味道就像你不小心喝了一口骯髒的海水一樣。魚兒也許喜歡吃海藻，因為在水裡可吃的選擇很有限，但是人類有其他更好的選擇，比如格子鬆餅和葡萄。但是壞的想法讓我十分分神，我沒能真正關心那些食物到底有多麼令人噁心。

晚餐後，媽媽和我回到了房間，但是我們沒有說太多話。我想，我們兩個人都有點想家，而且我也不想跟媽媽絮叨我的恐懼。我想，這一事實也許是真的，這很令我不安。即便她對我說了謊，告訴我她是因為愛我，才走到哪兒都帶上我，我也很可能知道她在說謊。媽媽無時不在說謊，通常很容易看出來，因為她時常做得很過火。

當我們回到房間時，媽媽說：「好棒的一天，對吧？」這是謊話。我幾乎想哭出來了，因為我想她至少該說：「瑜伽很古怪。印度地墊有汗臭味。雞雞水池令人厭惡。晚餐的食物很噁心。」我希望她能說出哪怕只有一句真實的話，但是出於某種原因，她需要說謊。我只想說：「不是的！這一天很糟糕。我討厭這裡。」但是出於某種原因，我覺得我也必須要撒謊。我不知道為什麼。我想我的感覺是，如果我說出了事實，我會立刻哭出來。所以我只說了：「是的，我喜歡這裡。」

之後一整個晚上我們什麼話也沒有說，就各自睡覺了。我很難入睡，因為我腦袋裡的壞東西總是纏著我不走。當你有什麼擔心的事情，那麼夜晚真的很可怕。白天有各式各樣的東西可以吸引你的注意力，比如說人和陽光，但是如果夜晚你有擔心的事情，那件事感覺就像全世界唯一一件事了。

我一直擔心的是，也許我的整個人生都是假的。比如說，媽媽和我之間是最重要的關係，那麼，如果這個關係也是假的，我還有什麼是真的呢？我和馬修是朋友，但有時候我也感覺那是假的。或是我喜歡爸爸，但是他卻變成了假的並且離開了我。有時候我擔心，我唯一真的擁有的只有我自己，這真的非常可怕。

後來我一定是睡著了，因為我記得的下一件事情非常古怪：一陣震耳的鈴聲響起，我睜眼一看，媽媽早已醒來，正站在我的床前。她的頭髮由於興奮出汗而濕漉漉的，兩眼因驚慌而發直。她說：「現在是五點四十五。我們要麼去參加那個早會，然後一整天都做瑜伽並且吃胡蘿蔔叉子，要麼現在就逃走。你決定。」

我根本不用說什麼。我只點點頭，真的解脫了！媽媽露出了微笑，她也解脫了。然後我們就把所有的東西都塞進了旅行包裡，衝出屋子。

我們繞過那個雞雞池子，跑過那些汗臭的墊子，跑過「信任儲物櫃」，最後跑到停車場。

我們跳進車裡，媽媽正在發動引擎，這時，那個留髒辮的白人女子從登記處追了出來，朝我們喊道：「你們要趕不上『冥想會』了！」

媽媽搖下車窗，衝她喊道：「相信我，我不想參加那個會了！」

然後那個女人說：「很遺憾看到你們精神上沒有做好準備，來度過整個週末。」

然後媽媽說：「你他媽的滾開！」就迅速開車離開了停車場。

儘管媽媽說了句髒話，我卻開始大笑起來。我平時並不是這樣的，因為媽媽說髒話時，通常會讓我感覺自己有個姐姐，而不是媽媽。但是出於某種原因，我就是笑個不停。也許是因為天太早了，也許是離開這個靜修堂讓我非常高興，我笑得臉頰都疼了。

在我們驅車回家的路上，太陽升起了。我轉頭看著媽媽，這似乎是爸爸離開之後她第一次這麼開心。她打開車窗，讓風把她濕漉漉的頭髮吹向後面，以前她從來不這樣做的，因為她不喜歡新鮮空氣。

我又開始笑了起來，因為我突然想到，在很久以前，媽媽像我一樣，也曾是個孩子。我從來沒有意識到，在我之前，媽媽也有她自己的生活，也許她在孩童時代很快樂，也許她也傷心，但是她很可能沒有想過，有一天，她會這麼生氣。

媽媽問我：「你在笑什麼？」

我說了實話：「我想到了你也是孩子的時候。」

媽媽也露出了微笑。我幾乎沒有意識到她的微笑，因為這是個真的微笑。這個微笑讓她看上去與以往不同：她的眼睛瞇著，雙頰有點兒鼓。即使她這時比她擺出假笑時顯得老些，但是卻要好看得多。

這時她說：「我當年真的很漂亮呢。」

儘管她在微笑，眼睛裡卻含著熱淚。

這時，儘管我也在微笑，眼睛裡也含著熱淚。

我想問媽媽，她帶我出來到處走，是否為了讓爸爸給她買單，可這時我已經知道了答案：媽媽走到哪兒都帶著我，是因為她需要我。

因為，與另外一個人共同度過一段艱難的生活，要比單獨過著舒適的生活好得多。

正因為如此，我給靜修堂打二十七顆星，給媽媽打一千八百九十二顆星，滿分兩千。

二 家人

我的小妹妹發簡訊告訴我她的問題

我妹妹：嗨，起來了嗎？

我：才早上四點鐘啊。

我妹妹：是啊。

我：你沒事吧？

我妹妹：有事！

我：怎麼了？

我妹妹：邁卡太討厭了。

我：他傷到你了嗎？

我妹妹：什麼？沒有。他就是令人討厭。

我：噢。那這事我們早上再談行嗎？

我妹妹：你能不能別再攻擊我？
我：我沒有攻擊你啊。到底發生了什麼事？
我妹妹：因為星期三我們沒有任何派對活動，所以都要待在家裡，他請來了傑瑞德，那傢伙吸大麻，而且還很自私，整個晚上他們倆都在開著愚蠢的玩笑，我感覺自己完全不存在了。
我：你想讓我和他談談嗎？
我妹妹：和誰？
我：邁卡。
我妹妹：什麼？不能談！為什麼要談？
我：叫他對你好一點，之類的。
我妹妹：你說什麼？？
我：我不知道。他和你在一起嗎？
我妹妹：在。他在睡覺。睡得很香！
我：這麼說，你們倆之間沒有問題？
我妹妹：當然沒有！別說了！
我：好吧。我得再睡一會兒。
我妹妹：好吧！
我：晚安，親愛的。

我妹妹：我愛你！有空給我打電話啊！我想你了！

我妹妹：嗨，起來了嗎？

我：現在起來了。

我妹妹：給媽媽生日買什麼東西了嗎？

我：生日的東西？

我妹妹：比如禮物什麼的？

我：噢。是的。我買了。

我妹妹：什麼？為什麼？！

我：因為是她的生日啊。我們早上再談這事行嗎？

我妹妹：不行！爸爸太討厭了。他說什麼「你媽媽不會再有第二個六十歲了，你覺得她想記住這是個沒有得到任何禮物的生日嗎？」。

我：那你為什麼不給她買點什麼禮物呢？

我妹妹：因為我一直在忙著呢！你現在可不可以不要攻擊我啊？

我：我沒有攻擊你啊。

我妹妹：你給她買了什麼？

我：我給她買了一個小長頸鹿雕像。就是她喜歡的從新希望古玩店買來的那種。
我妹妹：你可以說是我們兩個人買的嗎？
我：可以啊，你想讓我們兩人均攤嗎？
我妹妹：哦，那多少錢呢？
我：大約兩百吧。
〔沒有回應〕
我：好吧，我說這是我們兩個人買的。
我妹妹：謝啦。有空給我打電話啊！感覺我們根本沒有機會說話！

我妹妹：嗨，起來了嗎？
我：沒有。
我妹妹：出現重大危機了！
我：危機？什麼危機？
我妹妹：四個小時之後要交一份二十五頁長的論文！！！那個教授真是太討厭了。
我：你需要幫助嗎？
我妹妹：你知道喀麥隆分裂主義分子的事情嗎？

我：不知道。
我妹妹：那算了。
我：我可以接著睡覺嗎？
我妹妹：不能！我在心煩意亂呢！
我：為什麼？
我妹妹：他們想在南方建立自己的政府，這倒沒什麼不好的，但是喀麥隆的忠於政府派卻不想讓他們建立，因為那將包括蘊藏豐富石油的巴卡西半島！太不公平了！
我：嗯，嗯。
我妹妹：忠於政府派已經承認那地方不屬於他們！這就像是說，亞巴佐尼亞地區你們也不許碰！！！
我：好吧。我真的很睏。
我妹妹：這完全是國內的新殖民主義！這就像是在說，喂！給他們正當的政治主權，除非你還想重新惹上盧安達事件！！！
我：說得很對。只不過，我明天要處理件大事呢。
我妹妹：好，好吧！你睡覺吧。
我：謝啦。祝你寫好論文。
我妹妹：別跟我擺出高人一等的架勢。

我：我沒有擺出高人一等的架勢啊。

我：喂？

我妹妹：嗨，起來了嗎？

我：好幾天沒有你的消息了。

我妹妹：我知道。對不起啊。

我：沒關係，實際上很好啊。我終於能夠安穩睡覺了。（大笑）

我妹妹：求你現在別和我開玩笑了，好不？！

我：噢，對不起。

我妹妹：我沒那個心情！

我：好吧，怎麼了？

我妹妹：我被喀麥隆忠於政府派挾持做了人質，剛把我扔進監獄。

我：什麼？！

我妹妹：他們看到了我的論文。

我：你不是在開玩笑吧？

我妹妹：喀麥隆總理菲勒蒙・允吉・揚簡直討厭極了。他說在我收回我寫下的言論之前，我不許離開！知道嗎？這很像言論自由。

我：噢，我的天！我給大使館打電話吧？

我妹妹：別！他們可不是好惹的！還有，千萬別告訴媽媽！她總是反應過度。記得我那時候吃素吧？？噢！

我：你有危險嗎？

我妹妹：現在感覺就像，我想吃什麼就能吃什麼，媽媽！

我：好吧。你安全嗎？？？

我妹妹：別再攻擊我了！是的！我安全。就是有點煩。

我：好吧。等你回家我們再談好嗎？

我妹妹：好的，我被釋放時，你能到甘迺迪機場接我嗎？

我：沒問題，告訴我具體航班號。

我妹妹：別開車繞著航廈轉個沒完。把車停在停車場裡，然後進來接我;-)

我：好的。

我妹妹：謝啦。我愛你。有空給我打電話啊！

分離焦慮症寄宿營

早上八點。小隊員們一天的活動開始了。孩子們先給媽媽打電話。那些尿了床的隊員們可以有機會換一下衣服，或者，如果他們願意，也可以繼續穿著弄髒了的睡衣，因為自己暖烘烘的尿臊味可能讓他們感覺更舒服些，還可以讓他們想起自己的家。

早上九點。早餐在主餐廳進行，不過大部分小隊員們都選擇不吃早餐，早上第一件事情就是吃早餐真的很難，因為一天都還沒開始呢，而且這個想法確實挺讓人丟臉的。那些勇敢選擇吃早餐的小隊員們，將得到做成自己名字形狀的鬆餅，這些鬆餅將會使他們想家，並且有可能引起消化不良。

上午十點半。游泳時間。小隊員們在一個淺淺的兒童戲水池裡游泳七分鐘，每個小隊員由兩個救生員看顧。小隊員們在手臂、大腿和脖子都套上了充好氣的泳圈。游完泳之後，小隊員們可以給自己的媽媽打電話報平安。

如果小隊員溺水了，受過培訓的輔導員將會告知孩子的母親。這時，他們也能獲得給自己母親打電話的機會。

午餐時間。小隊員們開始翻騰媽媽準備的午餐包。營地鼓勵小隊員們先吃掉午餐才可以看媽媽寫的短信，這要求實在有點難做到，因為想到那封短信就令小隊員們心神不安。

午餐之後，小隊員們有一段自由閱讀時間，那時可以看媽媽寫給自己的短信。如果某個小隊員沒有收到媽媽寫的短信，輔導員就會偽造一封，騙他說這封信被忘在存放營員午餐的冰箱裡。輔導員會認真地模仿小隊員媽媽的筆跡，不過，筆跡是否完全相同可就無法保證了。

下午兩點到三點。小隊員們有一段「自由時間」。在這一個小時的時間裡，他們可以去探索營地，在附近的威努斯基湖上划獨木舟，生營火，或者給媽媽寫明信片。在這段時間裡，他們也可以給媽媽打電話。

下午四點。自由時間結束之後，還可以給媽媽打個午後電話。這時，小隊員們也可以請求和爸爸講話，但這是完全可以選擇的。爸爸很可能沒時間講電話，如果有，話題也很有可能都在談論他自己，或是工作有多麼累人，不然就是跟小隊員說，他的妹妹在另個體育夏令營過得有多好。如果這個時間小隊員們和爸爸講上話了，他們還可以獲得額外的二十分鐘跟媽媽做匯報。此時備有衛生紙可供使用。

下午五點半。小隊員們有各種選修活動可以參加，其中包括「展示給朋友看」活動，就是小隊員從自己家裡帶來某件古物給其他小隊員們看，不過其他小隊員大概不太在乎別人生活中的什麼物品，在這個十分焦慮不安的時刻，小隊員們並不具備此項活動所需要的對他人持有一定興趣的關注能力。

小隊員們也可以選擇「工藝美術」這項活動，並且畫下家人的肖像。不知不覺中，媽媽會被畫得比爸爸大上許多，而爸爸的臉，也會在不知不覺中被打上一個叉。

今年又增加了一項選修活動，叫作「悲嘆課」，做法是讓小隊員們花一段時間來思考自己跟母親的關係，並悲嘆離家後的生活多麼無意義，以及離開家之後如影隨形的恐懼感。在這堂課上，小隊員們也可以提前思考未來大學生活的恐懼。

晚上七點。晚餐在主餐廳進行。小隊員們得到的鼓勵是隨意地吃飯，因為這一天就要結束，離回家的日子又近了一天。儘管可以自己選擇，小隊員們甚至可以短暫地開心一陣子，而且如果他們願意，還可以感到很短暫的輕鬆，因為此時比早餐時又離回家更近了幾個小時。

晚上九點，熄燈。除非某個小隊員想一整晚不睡覺並和媽媽通上電話。如果是這種情形，這個時間，或者任何時間，給媽媽打電話都是可以的。如果某個小隊員選擇睡覺結果做了噩夢，營地也允許並鼓勵他打電話給媽媽。如果某個小隊員選擇了睡覺但是比其他營友早醒來，這個小隊員也可以給媽媽打電話。如果某個小隊員選擇了睡覺並睡了一整個晚上而沒有打電話給媽媽，輔導員就會陪他回家，為自己的冷漠向媽媽道歉。

輔導員是由小隊員的母親們所組成的。

媽媽向我解釋什麼是芭蕾

你去哪兒了？還有五分鐘就要開演了！我實在討厭得把你的票留在售票處那裡。你為什麼就不能像個正常人準時抵達呢？你以為你能早點到，因為你不需要從工作趕到這裡，沒有女朋友需要約會，也沒什麼有錢人的社交圈，或者什麼公共事業的責任。但無論如何，我很高興你來了。親一下。

你覺得那個引座員怎麼樣？她看起來挺漂亮的，也許塊頭稍微大了點，但是很好看，對吧？真是好看的臉蛋。你得找個像她那樣的。你喜歡她嗎？你和她說過話了嗎？還是只點點頭，漠不關心，像你對除了莎拉以外的所有其他女孩那樣？話又說回來，她塊頭是有點太大了，不適合你。

好啦，開演了。你知道關於這場芭蕾舞的任何資訊嗎？要價一百二十五美元呢，你該知道你在看什麼。編劇是華格納，是個納粹，不過是在希特勒之前的人。好了，把手機關掉吧。開演了。

你看，現在場上的情節是，她愛上了那三個男人。所以，那三個男人都手捧著玫瑰花。而且她同時在和他們三個人談戀愛。就像你當時一路風塵僕僕開車到普洛威頓斯去參加莎拉的畢業典禮，可她卻說沒有時間陪你。但是我相信她卻能擠點時間去陪那個叫什麼名字的誰。派翠克？他們還在一起嗎？他們倆倒是挺般配。她根本不適合你。你奶奶的葬禮舉行完之後，她竟然把杏仁蛋糕帶到家裡來，好像家裡死了一個人還不夠似的，難道她想讓我在我自己婆婆的葬禮上過敏性休克嗎？我這不是在說你該和誰約會，這不關我的事，我尊重你的「戀愛生涯」，但那個女孩是個不知感恩的蕩婦，她從來沒有欣賞過你。

你為什麼不能像台上的那個小夥子那樣站著呢？看看人家的姿勢。暫時先忘記他是個黑人，只看他的身材。他的雙肩往後挺，很有自信，你呢？還沒等你張嘴，你就像要跟人家道歉似的。你在屋子裡走動，沒有人會注意你。而他在台上走動，我們都在看著。你看看他，他就像是一幅行走的圖畫。我從來沒有約會過黑人男子。你父親大學時太有魅力了。就某種意義上來說，他令我窒息。我當年思想非常先進。

別再打瞌睡了。你一天都幹什麼去了，現在這麼累？你流汗了嗎？你聞起來像是正在流汗。

看她現在和誰跳舞呢，多麼令人驚豔啊！看見沒？當你筆挺地站直了，她就會接受你的玫瑰花。其實就是要表現出自信心這麼簡單。假如你有自信，人們就會注意到你。從前在艾姆赫斯特有個坐輪椅的孩子，但他非常好笑，他知道如何自嘲，所以從某個方面來說，我們都喜歡他。

她現在的動作叫作「巴代莎」。是法文，我們都知道你的法文成績，所以我就乾脆為你解答吧，這個詞的意思就是「貓步」。

啊，快看！她摔倒了！哈！真笨！那個動作連我都可以做。「貓的舞步。」我從前也跳舞，我有跟你說過嗎？假如沒有生你妹妹，我也可能會有一番成就的。她把我的身材給毀了。就某種層面來說，她依然正在摧毀我。我都可以做的。這個動作看起來比實際做起來難。

噢，他又上台了！你看他！簡直就是美少年阿多尼斯！他是不是在褲子裡塞了什麼東西好讓褲子鼓起來？沒有人的那玩意兒會那麼大，對吧？你父親是我唯一好過的男人。你能相信嗎？就某種層面來說，這就是崇高，但我可不想在上天堂前沒有過什麼樂子。

你能不能就老老實實地看一會兒？一直動來動去的，讓我心煩意亂。我能理解你很不耐煩，我也不耐煩過。在你優哉游哉地從我肚子裡退房前，我整整不耐煩了三十六個小時！那真的不是開玩笑的，我感覺就像要拉出來一個西瓜。假如我當時知道你腦袋有那麼大，我就該剖腹了。這是馬後砲了，對吧？

好吧，現在的情況是，我話太多了，我們要被趕出去了。我本來覺得挺漂亮的那位引座員——你好啊，親愛的！——正在護送我們走出來。這可以理解，自從開演以來，我沒有停止過數落你，這影響了別的觀眾。近看她還真可愛。脖子上的肉有點鬆垮，但是很可愛。去把她的電話號碼弄來。

聽我說，我不能開車送你回家了，你得坐火車。此刻隧道裡的交通簡直就是一場噩夢。我們下週見。盡量準時到啊。我們買的是季票，這主意真不錯。親一下。愛你，親愛的。

我與我第一任女友的電子信件交流，而該交流在某個時間點上被我姐姐接手，姐姐在大學研究波士尼亞種族大屠殺

我：嗨，艾美……剛和我媽從超市買吃的回來。她在每條通道逗留到天荒地老……當時真覺得我要死了……這就是為什麼我這麼討厭夏天。

艾美：（大笑）也正是這個原因，我從不和我媽一起逛街。我猜你正在這個學習過程中……

我：在芭蕾舞夏令營的第一天過得怎麼樣啊？

艾美：我的第一天過得很好，謝謝你的關心。我好想你啊。我一直在想，如果你能在這一直和我跳舞該有多好！

我：我也希望我在那啊……真等不及你回到紐澤西了……但我想你穿上那件小衣服一定很性感，那叫什麼來著？

艾美：你是說芭蕾舞裙吧？？我確實很性感呢！

我：太酷了！但其實你一直都很性感……

艾美：;-)

我：我剛把整個草坪都割了一遍……不僅後院，還有前院，就是長著我媽喜歡的那些令人討厭的樹的地方，你知道吧？我得在這些樹的周圍割出「8」字形的圖案，因為我媽喜歡割草機割出那樣的圖案。真是無聊！我要累死了……

艾美：嗨，聽我說。今天的芭蕾排練棒極了。他們讓我在《夏末》的演出擔綱領舞！也就是說，我必須學很多複雜的獨舞動作，實際上並沒有那麼好玩，但我覺得也是件好事，你說對吧？

我：簡直太酷了！！！演出時你一定絕美的！我真等不及要看你演出了……但是很顯然我得再等等，因為得到夏季末才演出呢。我猜，正是因為這個原因，他們才把它叫作《夏末》，是吧？？

艾美：（大笑）你太滑稽了！

我：你太漂亮了……

艾美：那麼我想，我們會做一對漂亮的滑稽情侶。

我：（大笑）

艾美：我真的好喜歡你。

我：我也真的好喜歡……

我：我是說，我也真的喜歡你！

我：哎喲……

艾美：你今天做什麼了？

我：什麼也沒做……我幾乎就是在睡覺，很怪，通常我是無法睡成這樣的……我大約在兩點半醒來，當時心裡只有「哇喔」，因為我還以為才只是早上呢……你呢？

艾美：今天我們進行了第一次彩排。我的服裝太漂亮了，後面鑲有閃亮的紅色亮片，但是做起動作來一點都不礙事。我要飾演的是某種鳥類，不過是一隻跳芭蕾舞的鳥（誰知道？），我們見到了那個設計服裝的男孩，我想他可能是巴西人。他應該是整個星球上最美麗的男子。他從前也是個舞者。別嫉妒。他很可能是同性戀，大家都這麼認為。我還必須穿一條迷你裙，我就對保羅（那個服裝設計師）說，你可以徹底看到我的屁股了，他就非常認真地看著我，用他那美麗的口音說：「你必須要為你那美麗的臀部感到驕傲。」真希望他不是同性戀！開個玩笑！想你！我要和保羅還有團裡的其他人去星期五餐廳過週日。（星期六要去。很怪。這趟行程差不多哪一天都包括了！）

我：那個裙子聽起來太瘋狂了！等我看演出時，你務必要展示你那「美麗的臀部」！今天過得真是令人興奮（我自嘲地說……），我在爸爸的診間裡幫了大約十分鐘的忙，就感覺要徹底發瘋了，所以就趁他在給一個患者看病時偷偷溜了出來。無論如何，我現在已經到家了。可能要看一部破電影什麼的……真等不及開學了！（真不敢相信我竟然說了這樣的話！）

艾美：剛吃完晚餐回家。糖分太高了！可能整個晚上都睡不著了！

我：怎麼樣？又是無聊的一天……真希望我能像熊那樣冬眠，睡它整個夏天，醒來時就再次見到你！我在家都要瘋了！我父母也瘋了……他們甚至不像正常的父母那樣吵架，真煩人，他們就那麼過著日子，簡直太無聊了。但是……好消息是（請來點鼓聲）：我姐姐卡德拉明天就要從大學回來了！！她太酷了，真等不及要讓你們倆見見面。也許我們可以一起聚一聚？她真是太太太聰明了，以前我所有的歷史作業都是她幫我做的（別跟馬修小姐說），而且她要獲得的學位你絕對想不到，叫什麼波士尼亞種族大屠殺來著的。真令人毛骨悚然！不說那個了，我等不及要見她了……

艾美：很好啊。我也有好消息（也請來點鼓聲）：保羅根本不是同性戀！（大笑）真高興我沒有跟他們打賭。不說他了，排練進行得非常順利。我訓練得非常辛苦！每一分鐘，我的身體都能做出一個瘋狂的動作。但是我想我練得非常好，還真想過以後可能靠這個吃飯呢。我以前老覺得跳舞就是小孩的某種夢想罷了，但是現在想想，也許我真的很好呢，可以實現我的夢想。怪不怪！

我：是啊，是很怪……這就跟我夢想在美國職業籃球隊裡打球差不多……（大笑）……但是很酷……

艾美：和你在職業籃球隊裡不一樣。我是說，我是真的在跳舞，而且我還是領舞。如果你是在籃球訓練營，又是最佳球員，而且身材夠高，那感覺才像是在職業籃球隊裡。

我：我只是在說，你應該不會想要休學，專門去練跳舞吧……我呢，我可是一名遠距離投籃高手。去年我還在學校的預備隊待過，打了幾場比賽，如果是外線投手，身高不夠也沒問題，所以……

我與我第一任女友的電子信件交流，而該交流在某個時間點上被我姐姐接手，姐姐在大學研究波士尼亞種族大屠殺艾美：我才不退學呢！我正在探索我現在是個怎麼樣的人，而且我認為我真的是個很好的舞者。如果讓你感到煩了，抱歉了？

我：我沒感到煩啊。什麼？我只是說，現在考慮一個怪異領域裡的職業可能有點早……抱歉，我也許有點太務實了。我也很高興保羅不是同性戀。現在你們可以成為戀人了……不過老實說，你可要小心那些可怕的巴西老男孩們！

艾美：保羅和我們同齡。

我：什麼？

艾美：是的……

我：但他們竟然讓他設計所有服裝？

艾美：他是個神童。

我：邪門了……

艾美：為什麼邪門？

我：不知道……只是感覺邪門。

艾美：我感覺你好像不想支持我。

我：這感覺像你在一個晚上就改變了你的整個人生，而又沒有告訴我，要我支持你真的有點難……

艾美：我沒意識到每次動動身上的肌肉就要告訴你。我沒意識到，在夏天開始之前我們才約了兩次，就已經如膠似漆了。對不起，我沒有意識到這點！好了，我要開始排練了。今天你要做什麼令人激動的事情呢？洗襪子嗎？

我：我和我姐在一起。她太棒了，我們可能要做些開心的事情，比如來個海邊之旅，或者參加個聚會什麼的……

艾美：好吧，祝你玩得開心。其實我也要參加一個聚會。保羅準備在他的房間裡舉辦一個派對。

我：也祝你玩得開心……

艾美：也許我會的！

我：你真是犯賤。

艾美：我想我們應該停止談話了。

我：好啊！那和我們現在的情形有什麼不同嗎？

艾美：終於說對了一點！

我：我告訴我姐你的事情了。她準備給你寫信。

艾美：好啊！我又沒做錯什麼事情，我不在乎。

卡德拉：親愛的艾美，我是卡德拉。很高興和你通信;-)我弟弟跟我說了你們之間最近的信件往來，我呢，也不想過多地問及你們之間的事情，但是我感覺我可以就你的新戀情一事，說明一下我弟弟的立場，也讓我們對這種情形的理解更深一些。

艾美：你好，卡德拉。很高興和你通信。;-)這件事讓我很沮喪，謝謝你努力幫助我們。

卡德拉：這是我的榮幸。我想和你說些當我在你這個年紀時，曾希望有人和我分享的話。我想，這也許會有助於你領悟新戀情中更為複雜的面向。這情形讓我想起一個叫作「卡拉多代沃協定」（**Karađorđevo agreement**）的歷史小事件。我想，這也許對你比較生疏，所以我先給你簡單介紹一下歷史背景。

一九九一年，波士尼亞、塞爾維亞和克羅埃西亞在準備打仗。由牙齒已經脫落的阿利雅·伊澤特貝戈維奇所領導的波士尼亞，是這場三國演義中最弱的國家，註定要被打敗。儘管如此，在一九九一年三月二十五日，克羅埃西亞和塞爾維亞的領導人進行了單獨會晤，討論如何瓜分波士尼亞。就是這樣。在波士尼亞人傷痛的背後，克羅埃西亞和塞爾維亞兩國的國家元首決定了如何分割波士尼亞。震驚吧？後來更糟糕。

塞爾維亞的元首是卑鄙的斯洛波丹·米洛塞維奇，這你很可能知道。克羅埃西亞的總統是相對不那麼凶惡的弗拉尼奧·圖季曼。在卡拉多代沃，這兩個陰謀家祕密商定將如何踐踏無助的伊澤特貝戈維奇和他的波士尼亞穆斯林，進而開始了一場種族清洗運動。根據過去這幾個星期你和我弟的信件來看，我想，這個「卡拉多代沃協定」比喻很適合這個情形。怕你不能馬上意會，讓我解釋一下這個比喻。

很顯然，我弟弟是波士尼亞領導人阿利雅·伊澤特貝戈維奇，他深陷在黑暗之中，其命運卻由別人在暗中交易來決定，這個別人就是你和保羅。這兩個人有什麼罪行嗎？不在場：伊澤特貝戈維奇被孤立在水深火熱的塞拉耶佛峽谷裡。我弟弟在紐澤西的郊區割草。

儘管我不把你比作米洛塞維奇（之後再說他），但我確實認為你的行為讓我想起了克羅埃西亞（軟弱的）鐵腕人物弗拉尼奥・圖季曼。他實際上就是個傻瓜。他邪惡嗎？歷史將是最好的判官，我想說的是，他不一定邪惡，可是，毫無疑問，他絕非清白。圖季曼很可能受著更強硬的米洛塞維奇的脅迫，也與之密謀，邪惡地策劃瓜分波士尼亞。不管你把他看作妥協分子還是屠夫，不管怎麼說他都沒有幫助可憐的波士尼亞人，更沒有阻止殘酷的米洛塞維奇。

我為什麼說你像圖季曼呢？你與保羅這個人物愈來愈親密的幽會，讀起來很像是被動犯罪。從星期五餐廳的聖代霜淇淋，到昨天晚上在「保羅的房間」舉行的派對，你每回都以一次「清白的」互動，割掉波士尼亞的一塊領土。和圖季曼一樣，你所脅從的這個陰謀要比你可能知道的複雜得多，邪惡得多。我再重申一遍，你並不邪惡。但是，我們可不能忘記埃利・維瑟爾[5]的名言：「保持沉默和漠不關心是最大的犯罪。」

現在，我們來說說保羅，也就是我們的米洛塞維奇。你說保羅是個「天才」。這可能沒錯。米洛

5 諾貝爾和平獎得主。

塞維奇也是個「天才」。當年的墨索里尼和希特勒也是「天才」。儘管你說保羅的天才立基在服裝時尚界，我卻認為他離米洛塞維奇要近得多。也就是說，我認為他們兩位都是行家裡手，不是在時尚界，而是在屠殺和偷盜界。

先不說保羅的性行為問題，他的意圖再明顯不過了。他對你「美麗的臀部」的評論無異於是在宣戰。同樣，米洛塞維奇也毫不掩飾他對波士尼亞穆斯林的邪惡意圖。關於「卡拉多代沃協定」，他曾說：「這個解決方案給穆斯林所提供的好處，比他們夢想訴諸武力所得到的還要多。」[6]

簡而言之，我不是在責備你，我也絕不是在稱你為邪惡，但是我確實感覺我弟像是被壓路機給輾平了，而你卻靜靜地坐在副駕駛的位置上。

艾美：親愛的卡德拉，我理解你是在幫助我們，而且你並不認為我是邪惡之人或者什麼的，但是我完全不同意你的說法。鑒於我們都在「解釋」我們自己，也讓我解釋一下我自己，好嗎？首先，我看過一些關於「圖季曼」的資料，我認為我根本不像這個人。如果說有人像誰的話，那也是你們像米洛塞維奇，你們遠遠躲在紐澤西的黑暗象牙塔裡，搞陰謀詭計想毀掉我。我只是在這裡專心地接受舞蹈訓練，這是我第一次感覺到快樂，感覺我也許能夠做好一件事情，這絕不是什麼罪行。如果說我像前南斯拉夫的某個共和國的話，那我也是斯洛維尼亞。我查了一下這個國家的現狀，他們現在既想獲得某種獨立，但又不想把事情搞砸了。我在芭蕾舞夏令營做的正是這樣的事情，就只是想開開心心地，獲得一些自由的空間，而又不把我和你弟之間的關係搞砸。而你卻像米洛塞維奇和南斯拉夫人民軍那樣，指使著南人民軍襲擊盧比安納，好像我做了什麼壞事。

至於保羅，我這不是在為他辯護，他可沒有米洛塞維奇那麼壞！這對他不公平。他也許有些悶騷，但那是他民族文化的一部分。而且我們之間什麼也沒有發生。如果說他像誰的話，那他很像克羅埃西亞的前議長斯捷潘・梅西奇總統：沒有害人之心。

卡德拉：沒有害人之心？我簡直笑得滿地打滾啊，艾美！梅西奇是克羅埃西亞法西斯分裂主義組織「烏斯塔沙」的護法使者（！），又是一個已經腐敗的國家的極其腐敗的領導人，他那場卑鄙的總統競選活動是由阿爾巴尼亞的黑社會資助的！也許你該少穿那條小鳥裙子跳芭蕾舞（希望善待動物組織不會來看你的演出！），多學習一些關於中歐後蘇聯衝突地區的形勢，這樣你就會知道你在說什麼了！

艾美：首先，我是素食主義者（與你那位聖潔的受害者弟弟不同），所以，別跟我談什麼善待動物組織。其次，梅西奇從來沒有被證實在競選活動中犯有罪行，所以別到處宣揚好像人家有罪的譴責[7]。

卡德拉：關於你那鳥裙子服飾，我對你的評論離題了，我向你道歉。聽起來其實挺好的（我喜歡

6 約翰・F・伯恩斯，「塞爾維亞的計畫會否定穆斯林人建立任何國家」，《紐約時報》，一九九三年七月十八日。

7 「法院：達爾科・彼得里契奇並未誹謗斯捷潘・梅西奇」，《自由的達爾馬提亞日報》，二〇一二年三月二十九日。

服飾上鑲有亮片！），我也讚賞你是個素食主義者，這種飲食方式我很支持，但是我個人還有待努力去實現。

艾美：謝謝你針對服飾向我道歉（我也喜歡亮片！！！）至於飲食，你可以試試藜麥，加一點點醬油，除非你只吃不含麩質的食物。

卡德拉：不，我不排斥含麩質的食物（再也不排斥了！）。我剛試了大概三個月。減了三公斤多！後來又反彈了。:-(

艾美：我也討厭反彈！話說回來，關於保羅，是的，我和他花了些時間在一起，而且，是的，我認為他有魅力，但這並不是說我對你弟弟不忠，順便說一下，假如我們轉換一下角色，他也會跟我一樣的。比如說，假如拉多萬・卡拉季奇去了什科菲亞洛卡上學，雅澤・普奇尼克去了巴尼亞盧卡上學，我認為普奇尼克現在應該不會在歐元區的會議上，親吻克莉絲蒂娜・拉加德的雙頰！對於你的道德絕對主義，斯拉沃熱・齊澤克會說什麼呢？

卡德拉：嗯。對於我不切實際地努力想要建造一個虛假的後馬克思主義烏托邦，齊澤克很可能不會感興趣。

艾美：還有一件事！如果你認為阿利雅・伊澤特貝戈維奇是個溫和的代罪羔羊，也許你該讀一讀他一九七〇年的《伊斯蘭宣言》，我剛下載了這個宣言的PDF。裡面有些神祕的段落和你弟發送給我的信件很相似。伊澤特貝戈維奇號召必須結合《古蘭經》的教義，來實現波士尼亞的現代化，而你弟弟則說我得同意跟他去打保齡球（我討厭打保齡球，而他也知道我討厭這個遊戲，因為我大拇指會受傷的！），我們才能在放學後見面。

卡德拉：親愛的艾美，你的觀點富有洞察力，有理有據，做的研究很徹底。（我不知道保齡球那件事。）鑒於你的想法都很清晰，我真的認為你和我弟之間的分手即將到來了，這和前南斯拉夫的情形不無類似。儘管我非常希望你們倆不勞燕分飛，但是，全世界都知道，沒有狄托，南斯拉夫永遠不會穩定，而沒有真正的理解，你和我弟弟可能就會形同陌路。為了預防再次發生斯雷布雷尼察那樣的大屠殺事件，我認為和平分手是最好的方法。

坦白說，我最不願意做的，就是美國在柯林頓執政期間所做的事情，這我們兩人都知道，當時美國做得太少而且也太晚了。按照那個思路，我認為你和我弟應該在戰事愈演愈烈之前就早早分手。我祝你在即將舉行的演出中取得佳績，我也會把我們的決定轉告我弟弟。既然你們倆已經不在一起了，他很有可能就不去看你的演出了。

艾美：親愛的卡德拉，謝謝你說了這些善解人意的話，也謝謝你沒有表現出我原來擔心會出現在你身上的那種婊子態度。我很期待和你見面:-)即使這意味著我們要背著你的兄弟們（第二輪卡拉多代沃協定？開個玩笑）。不過，為了避免情形發展得更為激烈，我們的會面應該有個調停人在場，比如前國務卿李察・郝爾布魯克那樣的人！（大笑！）

卡德拉：對！或者斯洛伐克的外交部部長米羅斯拉夫・萊恰克！這樣就可以避免再出現一個維舍格勒了！

艾美：或者更糟糕，福查！

卡德拉：我快笑死了！
艾美：;) 祝你有個美好的夏天，卡德拉。
卡德拉：你也是！

我爸爸寫給我的處方資訊小冊子

藥名：安定文（Ativan）

學名：樂耐平（Lorazepam）

屬性：抗焦慮／輔助睡眠

一般用法：為了幫助你入睡，該處方藥由你的醫生開出，因為你沒進行一些體能活動時真的很難睡著。

副作用：可引起疲勞，不過基本上不會影響你的時間安排。

萬一服用過量：喝幾盎司水，可以接水龍頭喝，該類水也可以用來洗盤子。

藥名：阿德拉（Adderall）

學名：安非他命和右旋安非他命（Amphetamine and Dextroamphetamine）

屬性：興奮劑

一般用法：該處方藥醫生開得過多，因為醫生為你多開這劑藥，就可以從製藥業獲得好處。你知道在過去的四年中，有多少人在服用阿德拉嗎？三千七百萬啊！這比整個加拿大的人口還要多出兩百萬！而人家加拿大卻特意禁用阿德拉！在加拿大吸食大麻是合法的（我知道你抽過；你姐姐跟我說過，你和你的朋友彼得・賈沃斯基在他的麥基爾大學一起抽過），而阿德拉卻是違法的！

副作用：可能會養成習慣。就跟做事好拖延，喜歡穿少年服飾，不給你母親郵寄生日卡成為習慣一樣。

萬一服用過量：這種藥物服用多少都屬過量。

藥名：樂復得（Zoloft）

學名：舍曲林（Sertraline）

屬性：抗憂鬱／選擇性血清素再吸收抑制劑

一般用法：你的醫生會給你開出這種處方藥，很可能是因為你跟他說我把鬧鐘摔在了牆上，而鬧鐘又碰巧反彈撞到了你的頭。我是往牆上摔！我那天過得很糟；一個男人在自己家裡扔東西也是可以的。鬧鐘意外砸在了你的頭上（這個事實我不否認），這我已經道歉了，但是你也該道歉，因為你老是赤裸裸地自我誇大、自我憐憫，聲稱我當年虐待了你，而這根本不是事實。你不快樂？你說誰快樂呢？為什麼這個國家人人都認為一粒藥丸就能讓他們快樂呢？中國現在培養的醫師和工程師比美國還要多，這你知道嗎？你又在做什麼呢？你在寫書！哇喔！謝謝你！兒子，謝謝你寫一本關於紐約市會講話的黑猩猩的「諷刺」大作！如果這部書能夠像你聲稱的那樣「有過人之處」和「有反身作用」，那它應該帶我們走出這場經濟衰退！還有中國和印度！一部關於會講話的猴子的「後現代」大作！

副作用：這種藥物可引起嚴重的勃起障礙。我們倒不在意你混亂的性生活，但是你母親希望能在某個時候抱上孫子，並且，鑒於你姐現在是同性戀，你就是最後一個莫西干人了。

萬一服用過量：站在馬桶旁，用手指往喉嚨深處挖。你別光往廚房跑，當著你母親的面嘔吐，好像你來不及跑到廁所似的。誰都知道那只不過是博得同情的小伎倆，那並不管用，只會讓她感到噁心。

藥名：好度（Haldol）

學名：氟哌啶醇（Haloperidol）

屬性：抗精神病／思覺失調症（老天啊！）

一般用法：這種藥難道是在大街上賣的？你是怎麼弄到的？你告訴你的精神病醫生你有幻聽症了？好，你聽我說，如果你想要我繼續替你的眼鏡蛇付錢，好讓你有錢能付給這個精神病醫生，你就得找到工作。你怎麼能相信這樣的醫生呢？這傢伙到底是他媽的誰啊？我告訴過你，回到紐澤西的家，別再去西鎮找什麼精神病醫生。你母親和我就住在大學旁邊。這裡的醫生也很好，而且收費才你那邊的一半。你知道嗎？那天霍爾醫生問起了你，我順口就告訴了他你在服用這種好度藥。這令我感到尷尬。他的孩子中，沒有一個在服用這種藥物和閱讀障礙藥的。

副作用：當初在虐待我的同性戀和思覺失調孩子們時，很遺憾我沒有請醫生給我開這種濃烈的興奮藥物。也許我太忙了，忙著用鬧鐘砸你的腦袋，而沒有時間去任性地享受西鎮每分鐘三百五十美元的自以為高人一等的精神安慰！而我這樣的人，就是會落得悽慘下場，是不是？！我成為我公司最年輕的合夥人！在李堡買下了一座六臥、三間半廁所的大房子！和一個女人結婚生活了二十六年，並且一起搭乘嘉年華郵輪三次！是的，我真是個討厭的傢伙。

萬一服用過量：別告訴你母親。

我外甥有幾個問題

我：我需要你把安全帶繫上，小兄弟。
我外甥：為什麼？
我：我就繫上了。
我外甥：為什麼？
我：我關心你啊。
我外甥：為什麼？
我：因為你是我姐姐的兒子。而我也關心她。
我外甥：為什麼？
我：因為我就是關心她。
我外甥：為什麼？

我：因為，我想，當我出生時，她已經三歲了，所以和任何弟弟妹妹一樣，我就把她當作了偶像。
我外甥：為什麼？
我：可能是我把她理想化了，這很奇怪，因為你媽媽對我並不是很好。
我外甥：為什麼？
我：在我出生之前，她是唯一的孩子，我一出現，她就什麼東西都得和我共享了。
我外甥：為什麼？
我：因為我們兩個人都有需求，我想，要同時滿足我們的需求，對我們的爸媽來說很難。
我外甥：為什麼？
我：因為需求太短暫了。我想應該是馬斯洛說過這樣的話：「知道我們想要什麼，那真是罕見而困難的心理成就。」
我外甥：為什麼？
我：當他寫書的時候，社會心理學正在順應人道主義和自我實現的趨勢。
我外甥：為什麼？
我：因為在後佛洛伊德行為研究中出現了這種趨勢，而在西方的心理學研究中，這種趨勢卻被嚴重忽略了。
我外甥：為什麼？
我：因為這個世界還有很多東西沒有理出頭緒來。好吧，也不能說是全世界。東方已經用自己的方式找到了答案。

我外甥：為什麼？

我：因為他們的社會更穩定些。

我外甥：為什麼？

我：很可能是因為蒙古人吧。他們使用武力統一了眾多的文化。

我外甥：為什麼？

我：我猜是因為他們認為擴大領土非常重要吧。

我外甥：為什麼？

我：因為這是最一目了然的成就啊。現今，我們重視的是貨幣的積累。

我外甥：為什麼？

我：因為這比侵略一個國家要容易些。但從某方面來看，這同樣危險，如果沒有更危險的話。

我外甥：為什麼？

我：因為陸地的面積終歸有限。而貨幣卻迅猛擴張著。

我外甥：為什麼？

我：部分原因是來自經濟的自身規律，但也因為發展中國家與各經濟組織——比如世界銀行、國際貨幣基金組織——之間的關係不好。看看辛巴威。

我外甥：為什麼？

我：因為這是一個很好的例子，說明通貨膨脹可以毀掉一個國家。人們推著幾輛單輪推車的現金去買一條麵包。

我外甥：為什麼？

我：因為那個國家有一個權力欲非常強的獨裁者，他推行的土地改革政策失敗了。

我外甥：為什麼？

我：因為在那之前很久很久，那裡都是白人的殖民地——那時叫作羅德西亞——好幾代人的公民選舉權利都被剝奪了。

我外甥：為什麼？

我：因為大家都在爭奪權力。（這可以追溯到我們剛才談論的蒙古人。）

我外甥：為什麼？

我：這就是人性。我想，從某方面來說，我也是這種無法遏制的金錢欲的犧牲品。

我外甥：為什麼？

我：哦，因為把責任歸咎於「制度」很容易，比如資本主義，美國的先驅文化，喬姆斯基稱之為「經濟法西斯主義」，但是也很有可能全是我自己的錯。

我外甥：為什麼？

我：因為我曾經有過選擇不同道路的機會，但是由於某種原因，我又不得已地追逐了這難以捉摸的金錢。知道嗎？我本來想走哲學的。

我外甥：為什麼？

我：現在看起來也確實過時了，但是我少年時代非常喜歡伊曼努爾・康德。

我外甥：為什麼？

我：以前從來沒有人問過我這個問題，小傢伙。但是我想，我就是喜歡他把一切都變得那麼簡單明瞭。

我外甥：為什麼？

我：因為康德為複雜的問題提供了具體的答案，那很令人舒服。

我外甥：為什麼？

我：因為我有千萬個關於倫理道德方面的問題。

我外甥：為什麼？

我：知道嗎？有許多年了我沒有談這方面的事情，我十二歲時在少年觀護所裡而待過一段時間。

我外甥：為什麼？

我：他們指控我半夜闖進學校，把一間教室給點著了。

我外甥：為什麼？

我：因為我父母報警說我在那天夜裡失蹤了，而被人縱火的那間教室正是我的數學教室。那天晚上正好是一場數學大考之後。所以，我似乎就是很顯然的嫌疑犯。

我外甥：為什麼？

我：因為所有的證據都指向了我。但是我根本沒有去燒教室！

我外甥：為什麼？

我：因為我不在乎我那科考試不及格！

我外甥：為什麼？

我：因為我並不會因為數學考試不及格，就不能上一所好的大學，找不到個好工作，或是得身無分文、飢寒交迫地死去！

我外甥：為什麼？

我：好吧。是我幹的！是我把那間教室給燒了！

我外甥：為什麼？

我：因為我嚇壞了。我當時才十二歲啊！我犯了個錯誤！

我外甥：為什麼？

我：因為我是人啊！我難免犯錯啊！我只是想被人愛！

我外甥：為什麼？

我：因為我們生活在這個瘋狂的世界裡，一切都得奮力去爭取，我時時都有著一種恐懼感，如果我慢下來，我就會被這個世界甩到後面。世間萬物都在飛快地運轉，一切都是那麼地失序、混亂、殘酷，無時無刻不在威脅著我們，把我們徹底擊垮，或是牽著我們的鼻子走。所以呢，我也要加速！我也加入了這場無情的競爭中！我知道這不健康，我知道這是錯誤的，但是我停不下來！正因為如此，我才放火燒了那間教室！所以我才把一切都歸咎於蒙古人，歸咎於世界銀行，歸咎於國際貨幣基金組織，歸咎於羅伯・穆加比，歸咎於塞西爾・羅德斯，歸咎於伊曼努爾・康德，歸咎於佛洛伊德，歸咎於馬斯洛和喬姆斯基，還有，歸咎於你母親！但是歸根結柢錯還是在於我。就是我的責任，怨不得任何其他人！正因為如此，我才要你繫上安全帶！我要你繫上安全帶，是因為我不相信我自己能夠放慢速度來避免事故。「安全帶」只是我莽撞一生的一條柔弱的繃帶！

我外甥：為什麼？

我：因為我已經毀了。我在痛苦之中！我也不會好了。如果得不到真正的幫助，我就不會好了。所以，你能繫上安全帶了嗎？只是現在繫上。

我外甥：好吧。

我：謝謝你，小兄弟。非常感謝。

三
歷史

男人與舞蹈

美國原住民女：你的人民快要餓死了！天一直不下雨啊！莊稼完蛋了！

美國原住民男：雨神根本不理睬我的祈求。

女：那是因為你祈求雨神的方式不對。

男：我正要另外再宰殺一隻羊來獻祭，可是又怕你見到血光會緊張。

女：我們不需要再多死一隻羊了，解決飢荒的唯一辦法就是跳聖雨舞了。

男：唯一的辦法？

女：是的，你必須來跳聖雨舞，否則我們都得餓死了。

男：好吧，那我就到森林裡去跳聖雨舞。

女：不行，為了向雨神求雨，你必須在全部落的人面前跳舞，我們也要按著習俗，對你指點嘲笑。

男：你知道誰跳的舞最好嗎？無拘無束在新地平線上跳躍的兩隻狗。那兩隻狗會跳一場瘋狂的求雨舞。

女：不行，必須得你來跳。

男：那熊肉怎麼辦？我該去打獵，多弄點熊肉來。

女：我們的熊肉要再吃十個月都夠。我們需要的是雨。

男：行，我聽到了。我一個字不差地聽到了。聽我說：你在這兒等著。我這就去森林裡走一趟，確定一下沒有別的熊了，再看看那兩隻狗，然後馬上就回來跳你說的那個舞。

國王的侍者：國王要求你來表演。

弄臣：太好了。國王這次想看什麼？我可以說說護城河那個笑話。

國王的侍者：不，國王想看舞蹈。

弄臣：真的嗎？他很愛護城河的笑話啊。護城河在冬天叫什麼名字，你知道嗎？「無用。」明白了嗎？

國王的侍者：對啊，因為河水結冰了。

弄臣：還有，阻擋住入侵的匈奴人需要多少隻鱷魚？三十一隻。一隻用來殺死匈奴人，另外三十隻用來把臭味弄乾淨。

國王的侍者：對，因為匈奴人的味道很難聞。我懂了。但是這次那不管用了，國王命令你跳舞。

弄臣：那麼，如果我不跳舞，會怎樣？

國王的侍者：如果你不跳舞，國王陛下已經下達了旨意，要慢慢地看著你的身體被撕裂來取樂。

弄臣：是這樣啊。

國王的侍者：是的，那將是一種漫長卻讓人發笑的死亡方式。

弄臣：好……也許我可以用那個護城河的笑話做開場。

抗議者甲：嗨，兄弟，你準備好參加這場浩大的抗議活動了嗎？

抗議者乙：當然了！你們計畫怎樣抗議呢？

抗議者甲：我們都帶上點迷幻藥，去華盛頓國家廣場抗議越南戰爭。

抗議者乙：太棒了！華盛頓的那幫混蛋們終於可以明白，我們把自己霸道的資本主義思想強加到這個貧窮的亞洲國家頭上是應該被斥責的。

抗議者甲：沒錯！好，在舌頭下面放點迷幻藥，我們就可以開始跳舞了。

抗議者乙：對不起，您再說一遍？

抗議者甲：你不會被一點點的迷幻藥給嚇著吧？

抗議者乙：不！一點也不。用迷幻藥完全沒有問題，但你是不是說了要跳舞？

抗議者甲：是啊。那就是我們的抗議。讓我們的身體在華盛頓國家廣場上勁舞狂跳，以此來抗議戰爭。

抗議者乙：噢，這聽起來真有趣。但是，讓我先故意唱點反調，你真的認為我們沒有別的選擇了嗎？你有沒有考慮過要做標語？

抗議者甲：那些東西都不管用！我們要給華盛頓特區那些貪婪的好戰分子們送去的，就是一些古老又無拘無束的舞蹈。

抗議者乙：好的，當然。可是，你考慮到戰爭的所有方面了嗎？我的意思是說，這件事並非一刀切那樣簡單。難道你不擔心骨牌效應嗎？

抗議者甲：骨牌效應？

抗議者乙：是啊。比如說，我們離開了越南，大家都回了家，一個小國家變成了共產主義國家，那也沒啥。但是接著，寮國也變成了共產主義國家，然後是印尼，然後突然間，卡爾・馬克思就來你家敲門了，遞給你一本紅書，請你去他的製鞋廠工作。

四分衛：好球，新來的！你的第一個觸地得分球！現在做你該做的吧！

外接手：我該做的？啥意思啊？

四分衛：跳舞啊！

外接手：哦……我不跳舞的。

四分衛：當你獲得一個觸地得分，你就得跳個舞。
邊鋒：對，我們都這麼做。
跑衛：今天早上我還練習了一遍呢，以免我也來個觸地得分！
外接手：你練習了？
跑衛：當然了。我們的每個舞蹈動作都很複雜。
邊鋒：即便它們來自不同的舞蹈，可是我們完全不受拘束的風格能將這些舞蹈融合起來。
外接手：我一直都認為這好像是可跳可不跳的。
跑衛：怎麼會？這是一定要跳的。尤其這場比賽正在全國範圍內電視直播。
邊鋒：沒錯，所以呢，你們高中的所有女生都在觀看。
跑衛：是的，還有塞思・內德梅耶，就是在你長高前欺負你的那個傢伙，他也會看著你跳舞。
外接手：也許我可以來一個扣球的動作。
進攻線鋒：為了你，我的肩胛骨剛剛都脫臼了！你跳不跳！
外接手：我可以來個月球漫步嗎？現在大家還會月球漫步嗎？
四分衛：不行，你必須跳原版的舞蹈。
外接手：你知道嗎？我想我的腳剛剛踩線了。在二十碼附近，我出邊界了。也許我們該看一下重播。

龐貝城的最後對話

情婦：停！別碰我了！
男子：怎麼了？
情婦：我不能再這樣下去了！
男子：每當你要有感覺時，你總是這樣。
情婦：感覺很骯髒。每個星期都在這裡會面。
男子：骯髒？！這裡是維蘇威火山下最漂亮的村莊之一了！
情婦：我總是懷有這種恐懼，怕有人會發現我們的事情。
男子：你在說什麼？這地方有幾個人？每年的這個時候，所有的薩莫奈人都去薩爾諾了。
情婦：你就是不願意帶我去薩爾諾。
男子：你現在住的村莊可是與眾不同啊！這是六日徒步遊，還不包括鬭牛的站點！

情婦：但是你會帶你妻子去那裡。

男子：別把這事和黛比扯上。

情婦：你說過你要向她提起我的。

男子：我會的！但是現在還不是時候。

情婦：那麼，什麼時間才是時候？六個月以後？還是一年以後？！

男子：難道我們在一起的時候就不能快樂點嗎？我們在一起的時間這麼少。

情婦：她隨時隨地都可能發現我們，這要我怎麼快樂呢？

男子：放心吧。這裡就我們倆。一千年之內也不會有人來到這裡的。

藝術家：我一直在庸庸碌碌。

繆斯：瞧你說的！你正處在你藝術的巔峰狀態啊。

藝術家：好幾個月以來我什麼事都沒做。

繆斯：你剛剛創作了牛和男性生殖器那幅了不起的壁畫啊！人人都誇呢！

藝術家：根本沒人看見我的作品。照這樣下去，我連在翁布里亞舉辦畫展都做不到了。

繆斯：你嫉妒奧古斯都嗎？

藝術家：這不關奧古斯都的事，是我的惰性所致。

繆斯：別忘了人們是多麼喜歡你的葡萄雕塑。

藝術家：那差不多是三年前的事了。

繆斯：當時那可是先鋒之作啊！誰會想到要用羔羊的腦子做紋理呢？

藝術家：（冷笑）奧古斯都肯定想不到。

繆斯：就是啊！你就是先驅者！

藝術家：奧古斯都很可能會使用宦官的肝臟。

繆斯：那極有可能。

藝術家：或者使用小牛犢的耳朵。

繆斯：那太過時了。

藝術家：我感覺我是生不逢時啊。我感覺人們現在不能欣賞我的作品。

繆斯：我一直都在這麼說啊！你是一個進步的改良主義者，卻陷在一場反改革的運動中。

藝術家：對於反改革運動來說，我的作品太過於激進。

繆斯：再過一千年，這個地方就會成為博物館。

藝術家：你真的這麼認為？

繆斯：當然了。人們將會從四面八方趕來欣賞你的作品。他們會穿過大陸橋！他們會從亞丁港奪船而上，就是為了來看這些羔羊腦子雕塑的葡萄。你會使龐貝城名揚天下！

藝術家：而奧古斯都將仍然在紐塞利亞的市區裡創作著。

繆斯：太對了！不過，別把這事和奧古斯都扯上了。

犯人甲：嘿，老兄，醒醒。我們準備逃獄了。

犯人乙：什麼？

犯人甲：典獄長的孩子害了瘟疫，現在看守得很鬆懈。別跟我說你要臨陣退縮。

犯人乙：我真的在想我還是留下來的好。

犯人甲：你想留在監獄裡？

犯人乙：反正我們的刑期只剩下三個月了。我們欠這個社會的債得償還；我是說，那幾個色狼我們真的不該給打趴下。

犯人甲：你是說你喜歡上這裡了？

犯人乙：從某種程度上來說，是的。我遇到了一些好人，我還有一份好工作，在監獄圖書館管理書籍。

犯人甲：哦，我可是要出去了。就今天晚上！

犯人乙：但是在龐貝城，你一輩子都要過著膽戰心驚的生活了。

犯人甲：不會的，我要徹底離開龐貝城。

犯人乙：你要離開龐貝城？

犯人甲：我已經厭惡這裡了。我有夢想啊，老兄。我想旅行到海邊，愛上一個巴比倫女人，然後，等她月經來時，用石頭把她砸死。

犯人乙：這聽起來確實不錯。但是我想我更喜歡在這裡服完刑，然後在龐貝城過著無憂無慮的生活。也許教冒險青年一些拉丁語。你知道的，做點償還。

犯人甲：好吧，很高興認識你，兄弟。

犯人乙：咱們外面見。

妻子：你能老實點坐好嗎？

丈夫：我坐得很老實啊。

妻子：不是的，你總是偷看著你的望遠鏡。

丈夫：我只是看看孩子們是不是上床了。

妻子：不對，我看見你往谷底處看了。你是在看比賽。

丈夫：哦，鬥熊決賽今晚開始了。

妻子：你能不能等我們到家了，再查看比分呢？請你集中注意力。

丈夫：我在集中注意力呢，可這卻是我最糟糕的噩夢，不得不看三個小時無聊的跳躍表演，表演者還是一幫穿著森林之神薩特服裝的臭小子。

妻子：你最糟糕的噩夢，是和我在一起嗎？

丈夫：不是！我愛和你在一起。我剛才在說薩特呢。這整場演出說的都是奧斯坎語吧？他們說的話我一句也聽不懂。

妻子：克勞狄斯每個星期都帶他妻子去聽讚美詩演唱會。

丈夫：那也許你可以和他們一起去。

妻子：讓我像老牛拉破車上的第三個車輪子嗎？謝謝你啊，我可不去！

丈夫：我感覺這演出永遠也沒完了。

妻子：你該慶幸我們沒去看弗拉庫斯的默劇。過三個小時就全結束了。

氣象學家甲：你最近有沒有注意到什麼奇怪的現象？

氣象學家乙：奇怪的現象？

氣象學家甲：是的，不知道怎麼說。只是感覺這天氣靜得出奇。

氣象學家乙：哦，週末的天氣預報是怎麼報的？你看了嗎？

氣象學家甲：是的，風仍然朝著卡布里方向颳。

氣象學家乙：這麼說，我們這的天氣一切正常。你很可能是感受到泰特斯對你的壓力，所以才想胡編一些東西來提高收視率。

氣象學家甲：瞧你說的。我才不會那麼做。

氣象學家乙：我不是說你故意要這麼做。但是你要記住去年的事，你說過天上要下青蛙的。你總是在收視率調查期間這麼做。

氣象學家甲：我有嗎？

氣象學家乙：是的！我們這兒的天氣很好呢！看！陽光普照！我們這是在龐貝城，在赫庫蘭尼姆古城這側最安全的村莊裡！

氣象學家甲：也許你是對的。

氣象學家乙：我當然對了。

氣象學家甲：有時候，我有一種幻想，要衝進圓形劇場告訴大家趕緊撤出龐貝城，因為天上要噴射出浩浩的火山灰將我們都埋葬！

氣象學家乙：你的收視率很可能要到八或九。

氣象學家甲：至少得八或九！

氣象學家乙：但是你那麼做合適嗎？

氣象學家甲：我想不合適。

氣象學家乙：好。那咱們就放鬆吧，喝點小酒，看著太陽在靜靜的維蘇威火山後面落下。

亞歷山大・格拉漢姆・貝爾的頭五通電話

一八七六年三月十日

亞歷山大・格拉漢姆・貝爾：華生，快過來！我想見你！

一八七六年三月十一日

亞歷山大・格拉漢姆・貝爾：嗨，華生，猜我是誰？對，是我，亞歷克。你怎麼知道的呢？我剛才的聲音挺滑稽的。你昨晚有睡覺嗎？我也沒睡！讓電話這東西能夠好使真令我興奮。我知道！我也很想打電話給你，但是我想你很可能睡了。你都告訴別人了嗎？沒有，我也沒有告訴任何人。不過，我在想可以告訴梅布爾[8]。我敢打賭她會覺得這很有趣。好吧，酷。不過，等你睡醒之後，給我打電話啊，什麼時間都行。酷。好的……你要掛斷了嗎？不，你先掛。不，你先掛！

好吧，我們同時。準備好了嗎？數到三。一、二、三。你還在聽嗎？是的，我也是。好吧，這次真的要掛了。一、二、三。喂？

一八七六年三月十二日

亞歷山大·格拉漢姆·貝爾：嗨，華生，你怎麼樣？沒什麼，一直坐在這呢。你呢？那很酷啊。嘿，我有個怪念頭，你聽聽這是否有點恐怖。你看，你有電話，我也有電話，是吧？你不覺得如果有更多人擁有電話很酷嗎？我也不知道怎麼說，像是，如果梅布爾也有電話。我想她會喜歡的。什麼？不，我不喜歡她，我只是在想她可能會喜歡電話。我對她可不痴迷。我只是覺得，如果這電話在她家裡也能用，一定會是個有趣的實驗。所以我想，我們可以讓她驚喜一下，懂我意思嗎？聽著，你可以把電話藏在她家，然後我給她打電話，她會聽到鈴聲，卻不知道是怎麼回事，就拿起聽筒，然後聽到我在另一端隨意地說了一聲：「嗨，梅布爾，是我，亞歷克，從街區這頭家裡給你打了電話。」她就會十分欽佩我（我可不是要向她炫耀），之後我們就知道實驗成

8 Mabel Gardiner Hubbard（1857-1923），貝爾的妻子，也是貝爾電話公司的總裁。

功了。所以我想，如果你可以去她家偷偷把電話裝上，那就太棒了。你可以漫不經心地敲敲她家門，假裝要給她送花還什麼的，或者裝作在住宅區裡做流行病調查，就是那種十分平常的事情。但是千萬不要提到我！酷，謝謝你，華生。你最棒了！她一定會佩服得五體投地的！什麼？不是，我是說這項發明。她一定會佩服這項發明的。酷，回頭再聊。

一八七六年三月十五日

亞歷山大・格拉漢姆・貝爾：嗨，是我。沒事。什麼？不，我剛剛吃過飯。我沒有說話含混不清啊。沒有。哦，我看醉的是你！我好得很。我或許喝了點葡萄酒，那又怎樣？閉嘴！我沒有心情說這個，好不好？你有聽到梅布爾的任何消息嗎？我一整天都在給她打電話，她就是不接聽！是的，我當然撥對號碼了！別跟我裝專家！很可能是你沒把電樞和導線接好。我不是說你故意這麼做，但是她沒有接聽電話，這確實有點怪。我要說的都說了。我並不是要譴責你什麼，但是我卻見過你看她的樣子。噢，我在編造謊言，是嗎？！偉大的發明家！在編造謊言，是吧？！你跟她說你喜歡她的連衣裙，那是我編的嗎？還有，你和她沿路走到了斯特勞大橋，是我編造的嗎？！也許我該給我這麼犀利的眼光申請個專利！啊！現在我可真是怒火中燒啊！我真想還沒把話說完就把電話掛斷！我說到做到！我就要掛斷電話。不管我們說完沒說完，我都要把電話掛斷了！

一八七六年三月二十一日

亞歷山大・格拉漢姆・貝爾：嗨，華生，我是亞歷克。你好嗎？我很好。是這樣的……是的，對於上個星期我打的電話，我只想說聲對不起。我萬萬不該說你是醉鬼。那話很愚蠢。我想我並非真的對你生氣。我想我只是……對那種情形生氣，你懂的。可是我卻把火發在了你身上，這真是幼稚可笑。好吧，不說了……你好嗎？那很好，那很好。是的，沒別的了，我也很好。原以為我想到了一個新的發明，但是我想已經有人做了。大概就是那種帶紋的湯匙。不說了。反正有點愚蠢。沒有，我沒有聽到關於梅布爾的消息。其實我並不真的那麼喜歡她。知道嗎？她有點以自我為中心，像是每次談話她都會把話題導向她自己。我對她只是一種概念上的愛。不管怎麼說，其實我有那麼點孤獨。我聽起來很憂鬱，是不是？華生，你看你能不能過來一趟？我想見你。

馬克思社會主義者的笑話

為什麼馬克思社會主義者要過馬路？
去加入馬路對面的馬克思社會主義者示威靜坐。

✰

擰上一個燈泡需要幾個馬克思社會主義者？
兩個。一個擰上燈泡，另一個悲嘆米爾頓·傅利曼的自由放任主義的經濟政策。

✰

一個馬克思社會主義者走進一家酒吧，問調酒師是否加入了工會。

✯

叩叩叩！

誰啊？

一位馬克思社會主義者。

哪位馬克思社會主義者啊？

是想送你一份關於階級鬥爭小冊子的馬克思社會主義者。

✯

一個馬克思社會主義者對另一位說了什麼？

和你一樣，我也宣導一場無產階級的革命，最終達到集體所有權制。

✯

當一個馬克思主義者和一個社會主義者婚配，他們的後代是什麼？是兩個基本上認為商品的價值同等於其社會必要勞動時間的人。

一個馬克思社會主義者和一個凱因斯主義經濟學家，兩者有何不同？差異有好幾個，包括但並非僅限於以下幾點：馬克思社會主義者認為，工人應該擁有生產工具；而凱因斯主義經濟學家認為，生產工具應該是私有制的。馬克思社會主義者認為，在經歷了一場革命之後，中央集權化的政府最終將消亡；而凱因斯主義經濟學家則認為，政府應該發揮更大的作用，以保證全民就業。最後，當凱因斯主義經濟學家在工作期間舉行派對時，他不會邀請馬克思社會主義者前來，因為凱因斯主義經濟學家知道，馬克思社會主義者會品頭論足地批評凱因斯主義經濟學家辦公室裡的小隔間格局。

如何將一個獨臂的馬克思社會主義者從樹上救下來？讓兩名卡車司機開車送三名美國勞工聯合會－產業工會聯合會的鎖具裝配員到樹下，每個鎖具裝配員攜帶一架國際消防人員協會認證的梯子，這樣就可以幫助那位獨臂的馬克思社會主義者從樹上下來了。

☆

馬克思社會主義者的母親特別胖，當她悲嘆停滯性通貨膨脹時，她自己實際上卻滯漲了。

☆

一個牧師，一個拉比，和一個馬克思社會主義者同時乘坐一架即將墜毀的飛機，可是飛機上只有兩具降落傘。牧師說：「我一直都按照耶穌說的話行事，所以我應該有一具。」拉比說：「這架飛機的租金是我付的，所以我應該有一具。」馬克思社會主義者說：「正常情況下，我會宣導按照個人的錢財進行分配，但是我真的很害怕會死掉，所以拜託，我也該有一具降落傘。」

四

室友偷走了我的拉麵：一個沮喪的大一學生寫的信

9月16日

親愛的瑞塔小姐：

我敢說，你絕沒想到還會收到我的信，對吧？看，我出現了！我知道，自從我高中三年級❶起，我們就沒有說過話了，但是我真的很心煩意亂，而你則是我唯一能說說心裡話的人。哦，我還得告訴你，我正在上一門創意寫作課，正在學習怎樣使用註腳❷。我要寫給你的東西太多了，所以我認為最好使用註腳把我的觀點說清楚。

好的，回到我剛才說的。我上大學已經兩個星期了，我感覺這是我一生中最糟糕的階段。我已經憂鬱到令人難以置信了！如果要做個比較，我此時甚至比高三的時候還要憂鬱！

我也知道，給你寫信完全是個隨興的行為，而且你很可能會想：「這人是他媽的誰啊？」可是如果我不把事情向某個人傾訴，我想我的腦袋會爆炸❸。

是這樣的，我當時沒有告訴你，但我實際上沒有考上心目中的好學校，大多數保證錄取的學校我也沒有去上，於是，我來到了密蘇里❹，這個「蠻荒之地正中央」的一所學校，因為我父母認為，離家「到國內其他地方❺去經歷事情」，對我「有好處」。

我對這個鬼地方恨得要命。這就像美國政府建了一座標準的城市，然後在這裡拉了一坨屎一樣。很難描述，但是聖路易斯看上去真的就像是一坨屎，真正的人糞，這座城市的任何地方都好像覆蓋著一層薄薄的糞便，它的鼎盛時期是在大蕭條時代，也大約是四十年前的事情了❻，我此時此刻實在是太想念紐約了！

我感覺到的最怪異的事情就是，我似乎是唯一討厭這個地方的人。其他的所有學生，所有喔，似乎都覺得這裡非常好。看他們的樣子，好像他們的功課都很好，都會出去遊山玩水，滿臉笑容，結交朋友，而我呢？就像，「怎麼沒有人看出來，我們大家待的地方是個多麼惡劣悲慘的

---

❶所以，嚴格來說，你再也不是我的輔導員了。
❷這些就是註腳！
❸名副其實的爆炸。我現在患有憂慮性偏頭痛。
❹或者如密蘇里所稱呼的，聖路易斯。
❺我想是個鬼地方。
❻這裡竟然有一個保齡球館。我不是開玩笑。

鬼地方啊？！」

但是到目前為止，我的經歷中最最糟糕的部分是，我要求住單人房❼，但是單人房很少，而我很倒楣地碰上了一個叫瑞貝卡・斯洛尼克的潑婦般的女生，得和她住一起❽。嚴格地說，死浪尼克是個「好」人。比如，她說的事情總是「很正確」❾，但給人的感覺卻很假。我的感覺是，她只是裝作人很好，但是我們吵架時，她就會說：「可是我有問過音樂會不會打擾你了」，然後我就無話可說，只能回她：「是啊，我想你是說過那話。」

並且，這不關我的事，但是說真的，她真該吃點什麼能讓她厭食的藥，因為她胖得簡直要繃開了。

好吧，上述問題帶出了我當前的怨言：

在搬進宿舍那天，我和我父母去好市多買了很多東西，因為學校不允許大一的新生開車，所以我就把好幾個星期要用的東西都買來了❿。

我們還買了十八包一箱的拉麵⓫，我知道你肯定覺得這東西對身體不好，但是我就是喜歡吃這種東西，這就是「沒別的可吃了！」的完美選擇。

死浪尼克和我上課的時間不一樣，有一天，我晚上八點半下課回到宿舍時，死浪尼克還沒有回來，我就將一杯水放進微波爐裡煮滾，準備泡麵。然後我拿來一碗拉麵，這時我注意到只剩三碗雞肉拉麵，但我明明記得應該還有四碗。

一開始我以為遭小偷了，就將室內的東西都檢查了一遍，但是似乎並沒有什麼不對勁的地方。這時我想到，死浪尼克星期二很晚才有課，所以說，她有可能一整天都待在房間裡吃起東西吃個沒完，並且可能受到了雞肉麵的誘惑，因而決定把一碗拉麵也塞進肚子。

當我知道是這個死浪尼克偷走了我的拉麵，我立刻沒了胃口。我心裡有某個東西頓時被擊得粉碎。那感覺就像一個女人發現她的牙醫丈夫背著她和口腔衛生師鬼混一樣。

之後我就開始產生你所說的那種被攻擊的恐慌感。呼吸加快的同時，我還有一種要窒息的感覺。我感覺到頭暈目眩，雙腳騰空，如同站在一棟高樓的邊緣往下看。

於是我就坐在床上，開始哭了起來⓬。我把頭埋在枕頭裡，鼻子裡流出了鼻涕⓭，我開始憎

❼意思就是沒有室友。我之所以要求住單人房，是因為我從來沒有和別人合住過一間房間（甚至沒有在別人家裡住過，這你也許記得。我不住別人家裡的）。

❽以下我將稱呼她為「死浪尼克」，很抱歉如此無禮，也許我這麼說對你很是冒犯，但是這麼稱呼她會讓我感覺好些，所以，對不起了，瑞塔小姐。:-)

❾「我發現你在看書，我放的音樂有打擾到你嗎？」

❿包括四大瓶潘婷洗髮精和潤髮乳、一大堆密封袋、日用和夜用的感冒藥（膠囊）、一台小微波爐、超薄衣架、檸檬口味開特力運動飲料、文具（筆記本、活頁夾等）。我肯定還有上萬件東西沒列出來，但是你懂的，就是一些基本用品。

⓫就是那種塑膠碗裝的泡麵，裡面有六碗蝦肉麵、六碗牛肉麵和六碗雞肉麵。

⓬我知道那麼做很怪，但是我實在忍不住。

⓭平常我很討厭將鼻涕留在枕頭上，尤其要在這裡洗衣服是很惱人的事，但我就是控制不了。

恨世間萬物，當時的感覺就像我的一生要從此結束了，我陷入一種絕望的境地，我的生命就要終結。我的心臟狂亂地跳動，卻感覺快要死了。

我想最後我終於睡著了，因為我能記起來的第一件事兒就是死浪尼克走進屋子裡說：「嗨，希望我沒有吵醒你。」[14]

我表現出不想理她的樣子，裝作在看書。過了會兒，就迅速地說了句「晚安」，好讓她知道我正怒不可遏，然後就關燈睡覺了。

但是……

他媽的第二天，瑞塔小姐……

……死浪尼克竟然提起了那碗拉麵！而且是以她那經典的虛偽口吻提起的。她說：「希望你不要介意，昨天簡直把我餓死了[15]，所以我就吃了你一碗拉麵。」

我真想對著她那張胖臉尖叫！

首先，誰也不應該說：「希望你不要介意。」如果你說了「希望你不要介意」，那通常就是在說，那個你說話的對象絕對他媽的介意！

再來，她並非吃了我「一碗」拉麵這麼簡單。她吃的是一碗「雞肉」拉麵[16]。這就像她從我的錢包裡拿出了一張一百元的鈔票，並說：「我從你那裡拿出了一張鈔票，希望你不要介意。」

最後，要吃就吃你自己的東西，婊子！死浪尼克不是可以和她那群胖胖的家人去好市多採買嗎？而且屋子裡她那邊的食物堆得跟山一樣高[17]。那她為什麼要扭著她那肥臀，來到我這邊，用她那豬鼻子拱我這兒的糞堆？！？！蠢豬，給我老老實實待在你那邊的豬圈裡！！！嘓嘓！嘓嘓！盡情在你那邊嘓嘓叫吧，你這個淫蕩的肥婊子！！！

後來我找到了我那層樓的舍監⓲，告訴她死浪尼克拿走了我一碗拉麵，你知道她說什麼嗎？她說：「作為獨生女⓳，我知道大學生活對你來說是一個很大的過渡階段，但是你必須學會如何與人分享。」我當時的心聲是：「去你的，珍妮絲。」現在我們見到面不會再說話了。老想掌權的臭三八。

好吧，很抱歉我說了這麼多髒話和惡劣的字眼，但我記得，你曾經要我用寫日記的方式來發

⓮我很想說：「你確實把我吵醒了！」

⓯絕對是反話，死胖子！

⓰雞肉麵是唯一好吃的拉麵，這誰都知道。牛肉麵的味道就像彩色美術紙，蝦肉麵吃起來就像沒擦的屁股。請原諒我，但真的是那味道。

⓱她那裡堆了大概有二十箱小熊餅乾。真他媽的死胖子。真他媽的死胖子。

⓲一個叫珍妮絲的婊子。

⓳我知道大家都說獨生子女被寵壞了，因為從小就習慣東西不與別人分享，但是我認為這並不準確。我認為你也可以說，那些擁有許多兄弟姐妹的孩子們，他們總是在相互競爭，也許得靠自私才能得到資源。所以，他們也許不知道如何與人分享。

洩我的情緒，而不是對我媽媽大吼大叫。這方法管用了一陣子，可是後來我變懶了，所以我就又開始對她吼叫了。我想，這封信就像是日記一樣，只不過這篇日記不太私密，因為我真的需要跟可能會懂我的人傾訴[20]。

我也知道，這件事乍看並沒什麼大不了，就只是一點湯麵或者別的什麼而已。但這實際上並不只是湯麵的問題，你懂嗎？因為如果這僅僅是湯麵的問題，我很可能會說：「隨便啦，我再買包湯麵就好了。」但不是這樣的。我怒不可遏。真的。而更大的問題是，我感覺我的一生如同一團亂麻，我看不到出路，而且感覺愈來愈糟，而且這個想法（愈來愈糟的想法）比遇到戰爭還要可怕，因為我知道戰爭遲早會結束。

好吧，這封信裡我也不能讓你完全沮喪[21]。所以在信的結尾，我要告訴你，你真的給我的人生帶來了很好的影響，瑞塔小姐。我不知道你是否還記得，但你曾經說跟我說過某句話，對我影響深遠，你很可能不記得了，因為你對很多女生都是這樣做的，但對我來說，那卻是我痛苦的一年中唯一美好的事情。

事情是這樣的：

在地獄般的高三那年，某天我在你辦公室裡對著你哭[22]。你有點奇怪地[23]將手放在我的頭上，說：「你值得擁有快樂。」

聽到你這番話，我好像突然間茅塞頓開了。因為我覺得你說得很對！我確實值得擁有快樂，但不是以一種自私的方式快樂（像是我要比別人擁有更多的快樂），而只是以「我是一個人，我可以做個快樂的人」這樣的方式快樂著。

後來發生了一件最怪異的事情。大約兩個星期之後，我又憂鬱得不得了，我就認為唯一能讓我好起來的，就是再次有人告訴我：「你值得擁有快樂。」但是我給自己定了個奇怪規矩，那就是我不能要求別人來跟我說這句話，只能讓它自然發生。

於是我向老師和父母提出一些奇怪的問題，比如，「你認為作為一個物種，我們都值得擁有什麼？」以此來誘導大家說出「你值得擁有快樂」。結果根本沒有人說「你值得擁有快樂」這幾個字，大多數人看我的眼神好像我瘋了似的。也許我真的瘋了。

但是，瑞塔小姐，我腦子裡總是在勾勒你再次對我說這句話的畫面。我真希望搭乘時光機飛回到你第一次說這句話的時候，好再次感受你溫柔撫摸我的頭，再次親耳聆聽你對我講這句話：

「你值得擁有快樂。」

好吧，先說到這兒！我該走了，死浪尼克剛進屋裡，我得去保護我的食物了㉔。好吧，我知

⑳對不起，這個人必須是你。:-)

㉑是不是太晚了？

㉒一如往常。

㉓但我很喜歡。

㉔開玩笑的。差不多是玩笑吧。

道這封信很詭異，而且非常唐突，但是，瑞塔小姐，我傷心的時候總是會想起你㉕。

而且我想，你可能是我唯一的朋友了。

您誠摯的㉖，哈珀・雅布隆斯基

附註：死浪尼克剛剛說：「如果我問你在寫什麼，你介意嗎？」我很隨便地說：「課堂作業。」㉗

㉕這裡沒有貶義，並不是「想到你令我傷心！」而是「想到你令我不那麼傷心。」
㉖原本想寫「愛你」，但是那樣很怪。感覺「太快了」！
㉗愚蠢的婊子。好了，真該說再見了，瑞塔小姐！

9月29日

親愛的瑞塔小姐：

非常感謝你給我回信！你的回信讓我如釋重負，主要是因為我剛給你寫完信，就覺得十分尷尬。我想或許你不記得我了，或許你會憎惡我。但你真的記得我，而且很顯然地，你不討厭我。

雖然你的信很簡短❶，但是寫得實在太好了。

對了，我接受了你的忠告，對我室友態度好了些❷，但是結果卻並非像我和你所希望的那樣。

❶我知道你說過，我應該在學校裡找個心理輔導員來諮商，但是別擔心，我不會給你找麻煩的。我想你永遠也擺脫不掉我了。

❷你稱她為「你的室友，瑞貝卡」，但是以下我將繼續叫她死浪尼克。哈哈。

對了，你告訴我不該在心裡對死浪尼克「懷有仇恨」，我應該努力「和她交往」❸，並問她願不願意去哪玩玩。

所以我做了。我一讀完你的來信❹，就問死浪尼克願不願意參加什麼戶外活動，像是什麼社交活動之類的。

死浪尼克就說：「好啊，你想做什麼呢？」

我說：「你想做什麼都行。」

我想她會建議做些什麼比較正常的事情，比如去喝杯咖啡或者去吃頓墨西哥燒烤什麼的。

可是死浪尼克卻說：「我們的女子聯誼會今天晚上要舉行一場募款活動，準備為亨丁頓舞蹈症籌集資金。跟我一起去幫忙吧？」

對於這個此生所收到過最糟糕的邀請，我還沒來得及說出「不」字，竟然已先脫口說出：「好啊，我願意和你去。」

好吧，先倒個帶！

死浪尼克加入了一個女子聯誼會，那是她跟其他胖女生交朋友的狗屁方式，因為如果她不加入這個聯誼會，那她就會是個沒有朋友的孤獨胖女生了❺。但是，按照你給的忠告，我試著以開放的心態去面對。但是，我非但得參加那個愚蠢的活動，我甚至還要在裡面工作。

不過我一直想著：「瑞塔小姐將會怎麼做呢？」❻我就想到你很可能會跟我說，去參加那個募款活動吧，還要展露笑容，儘管我心裡實在笑不出來。

你也知道我最不願意見陌生人了。我總是那個樣子，還記得嗎？因為我認為大家都在背地裡偷偷地笑話我。我還擔心，當我到了那個聯誼活動，人人都會認為我是個失敗者，因為我沒有加入任何聯誼會❼，我會羞愧得無地自容，臉上強裝出笑容，但實際上卻想乾脆死掉算了。

好，我來說說那個募款活動。

這活動是在一個叫作腐樹❽的未成年人音樂廳舉行的。女子聯誼會請來了當地一個叫作「77美分」的差勁女子樂隊，她們表演的都是些水準很差的女性主義鬼扯歌曲，門票收十美元。

當我們趕到時，那裡已經十分熱鬧❾。我們一走進去，死浪尼克就完全變成了另一個人❿。她開始見人就擁抱，像白痴一樣尖叫，並且用「管你情願不情願」的態度稱呼其他女生為「姐

❸這聽起來有點同性戀傾向，但是我懂你的意思。
❹你的信我一口氣連看了四遍，很瘋嗎？
❺也是個背上有痤瘡的女生。
❻我常把你當作耶穌呢！
❼因為這些聯誼會都他媽的瞎扯淡。
❽名副其實，因為聖路易斯的樹木都在腐爛。
❾這並不奇怪，因為這個城市裡的人都是些沒什麼大能耐的人，整天都無事可做。
❿不過，她那個胖勁兒依舊。

妹」⓫。她也很努力地把我介紹給大家，說：「她是哈珀，她想當志工，是不是很棒？」

其他的女生都過來擁抱我⓬，對著我尖叫，所以我就強裝出笑容，真的是強裝，我很想哭，因為我得到的擁抱愈多，我就愈感覺孤獨。因為她們的擁抱讓我感覺很空洞、很生硬，或者不夠熱情。這和你當年在學校擁抱我時不一樣，因為當年你給我的擁抱不僅僅是擁抱，而是把我所有的痛苦都驅逐得無影無蹤。如同你把我體內的悲傷都驅趕了出來⓭。我真想回到紐約，再次得到你的擁抱！再一次得到瑞塔小姐的擁抱⓮！好吧，不說那個了！

聯誼會還舉行了抽獎活動，很顯然這是我派得上用場的地方。我應該和一個叫史蒂芬妮的「姐妹」一起工作，向那些來看「77美分」樂隊演出的不幸魯蛇們賣抽獎券。所以死浪尼克就把我介紹給了史蒂芬妮，而當時我只在心裡驚呼「哇喔」，因為她有著一個巨大無比的瘦鼻子⓯。

然後死浪尼克就跑開到樂隊那邊去了，剩下我和這個根本不認識的「瘦鼻子」怪人在一起，我又開始有了那種害怕的感覺，心跳加快，呼吸困難。「瘦鼻子」很可能看出了我的害怕，所以就對我說：「別擔心，我是個很好的老闆。」⓰但是我沒將心裡想的說出來，我只是說：「謝謝你，史蒂芬。」

接下來史蒂芬妮就告訴我如何去做這項有辱人格的工作。我必須像個傻子似的四處去兜售抽獎券。抽獎券是三美元一張，五美元兩張，二十美元換一串和你手臂一樣長的抽獎券⓱。

我覺得很奇怪，這裡的人我一個也不認識，我卻得帶著笑臉四處向他們兜售這狗屁抽獎券！這時，讓我感到雪上加霜的是，史蒂芬妮問我：「你想見見賈瑟琳嗎？」

我就回問了一句：「賈瑟琳是誰？」

史蒂芬妮說：「塔琳的姐姐。她患有舞蹈症。我們都是為她而來的。」

對於這個我這輩子所收到的「第二糟的邀請」，我還沒來得及說「不」字，又脫口說出：

「好啊，我很願意。」

這時，那個詭異的女人就步履蹣跚地向我們走來⑱。

史蒂芬妮向她揮了揮手，說：「賈瑟琳，我來給你介紹一下哈珀。她是瑞貝卡的室友，樂於

⑪是的，二十個白人女生相互稱呼「姐妹」，好像她們是「棉花俱樂部」歌唱隊的和音天使一樣。

⑫我很有可能被傳染了痤瘡。

⑬對不起，如果我表達得太詭異，請告訴我。

⑭好吧，我現在是有點像同性戀了。

⑮所以我知道她會是個刻薄的人(因為很不幸，她拿到手的牌很差，或者說，分到的鼻子很差！呵呵，倒楣一生了)。

⑯當時我想，「你根本不是我的老闆。你只不過是又一個醜陋的被遺棄者，因為太醜了，自己交不到朋友，才加入了這個愚蠢的聯誼會。」

⑰這是這場活動中最令人尷尬的部分，因為我必須用彩券來丈量他們的手臂，以便確認要給他們多少張，而這種做法帶有性別歧視，因為男人的手臂比女人長，他們得到的抽獎券自然就多一些。我向我的「老闆」提出了這個問題，可是她卻不知道怎麼解決，因為她就是個白痴，對於我提出的這個「問題」，很顯然她的智商不太夠。

⑱你猜對了。就是他媽的賈瑟琳。

助人，今晚來這裡做志工。」

這時，賈瑟琳就結結巴巴地說：「謝謝你來做志——志——志工[19]。」

但是我什麼也沒說，因為我不知道我是否該和她說話，還是等她自己走開。

這時她伸出手來想和我握手，但是她的手好像在顫抖[20]。我被嚇得半死，所以向她擺了擺手。我能看出來，我不想和她握手讓她受傷了，但我的心裡話卻是：「先把那失控的顫抖給我停下來，或許我會碰碰你[21]。」

當賈瑟琳終於走了之後，史蒂芬妮轉向我，說：「你剛剛真是太失禮了。她可能沒有幾天能活了，你卻對她那麼失禮。」

史蒂芬妮說完就走開了，留我一個人拿著那串抽獎彩券。

我就是在這時開始哭的。在那一刻，我想念起一切，不僅僅是想家，還想念過去所有的一切。我真的很想回到過去的任何一個時刻。即使是我一生中最糟糕的一天[22]也要比這一刻好。

我向後台跑去，想找到死浪尼克，因為她是這個地方我唯一熟悉的人。但是我找不到她。而這時，台上的樂隊已經準備開始演奏了。

我在腐樹音樂廳周圍到處尋找死浪尼克，卻怎麼也找不到。所以我就一路哭著跑到廁所，因為我感覺自己就快要嘔吐。我把頭靠在馬桶上乾嘔，但是費了很大的工夫才嘔出一小塊黏痰。

當我的額頭頂在馬桶邊時，我聽到樂隊開始演奏她們那狗屎般的歌曲，節奏快速又震耳欲聾，還怒氣沖沖，女主唱在尖聲叫喊：「我卡在裡面出不來，玻璃天頂將我隔開，我卡在裡面出不來！」

在我費勁嘔吐的時候，呼吸急促，心臟也隨著她們那難聽的歌聲在快速地跳動。

後來我跑到外面呼吸點新鮮空氣㉓，接著莫名地開始往宿舍方向跑。我手裡還拿著那一大卷的抽獎券，但我還是跑跑跑跑，一直跑回到了宿舍。

我簡直是痛苦萬分，我真的受不了了，於是我決定做一件好幾個月來一直想做的事情㉔。

我應該往回倒帶一點，告訴你另一件事情。今年夏天，醫生給我開了抗憂鬱的處方藥，但是我並沒有服用，因為我太害怕了。我不知道服用這種藥物會給我帶來什麼後果，會不會突然變胖什麼的。而且這種藥的名字也很奇怪，叫作「利普能」㉕，所以我並沒有服用。但我還是把藥瓶放在行李箱最底部，連同行李一同帶到了學校，以備不時之需。

⑲她說「志」的時候嘴邊冒出唾沫，我使勁兒躲開了。
⑳我當時的感覺就是，這個人正在變成一個狼人，因為她的骨頭都在嘎嘎作響，並在她的皮膚內移動著。
㉑好吧，也許這話聽起來挺邪惡，但是說真的，我又不知道她那種病會不會傳染，對吧？
㉒珍妮・塞弗特十六歲生日那天，還記得嗎？
㉓在聖路易斯，這句話充滿矛盾。
㉔別擔心，我並不是想自殺！
㉕如果你問我，我會說這藥的名字聽起來很像什麼邪惡的恐龍，「利普能暴龍」什麼的。

因為實在太低落了，我想即使變胖，都好過心裡這麼難受。所以我就翻動行李箱，找到了那瓶藥。我從裡面拿出了一小片藥，放在嘴裡。因為哭了很久，我滿嘴都是眼淚和鼻涕㉖，所以我不用喝水就把藥吞進了肚子裡。

然後我深深地吸了口氣，等待感覺好些，我沒脫掉衣服，就那樣蜷縮在床上。我試圖入睡，但是最詭異的事情發生了。我躺在床上感到一陣頭昏腦脹，開始顫抖起來。像是在抖動。難以控制地抖動著。

我立刻後悔服用了利普能，並且發誓以後再也不吃那類的藥物了，因為我對藥物非常敏感，那讓我非常不安。

我以為自己可能要死了。當時我的想法是：「噢，人在死之前就是這種感覺吧。」

我感到天旋地轉，在床上冷得顫抖個不停，儘管我正穿著衣服滿身大汗。我整個身體都在顫抖，於是想著，這是否就是罹患亨丁頓舞蹈症的感覺：總是感覺自己的身體不受控制。賈瑟琳是否也總是這麼感覺？我有點後悔剛剛沒有和她握手，因為這個時候我真希望有人來摸摸我。

然後，我沒有料到自己竟然說出了這樣的話，我開始說希望死浪尼克趕快回來㉗。

我不知道時間過去了多久，感覺好像過了好幾個小時才聽到開門聲，也聽到死浪尼克進門時兩條大腿清晰的摩擦聲。

燈光刺痛了我的眼睛，但我從來沒有感覺到這麼如釋重負過。死浪尼克說：「哈珀？」

我回答：「嗯？」

她又說：「我太擔心你了。」
我說：「是嗎？」心裡有點小驚訝。
她又說：「我們大家都很擔心你啊。你就那麼跑了出去。你沒事吧？」㉘
我還是顫抖得十分厲害，接著我就說了句到今天都不敢置信的話。我說：「你能過來抱一下我嗎？」
死浪尼克什麼也沒有說。她來到我的床前，躺下來，用雙臂抱住了我。
我想她應該有看到我在哭，因為她說：「沒事了，會好的。」
我幾乎就要脫口叫她死浪尼克，但我及時攔住了自己的嘴巴，說了句：「謝謝你，貝卡。」
她說：「沒什麼。」
我問她：「你為什麼對我這麼好？」
死浪尼克說：「我們是姐妹啊。」

㉖我知道很噁心，但我是實話實說。
㉗別用這件事來對付我！
㉘我以為她會很惱火，因為我拿著那卷抽獎券跑了出來，或是因為我沒有告訴史蒂芬妮就離開了音樂廳，或是因為我對即將離開人世的賈瑟琳無禮。可是她並沒有。她僅是為我擔心。怪哉。

儘管我覺得叫我「姐妹」真的很奇怪，因為第一，我沒有在她那個聯誼會裡；第二，我們不是哈林教堂唱詩班裡的兩個女黑人，但我又哭了起來。因為這是我來到這間屎一般的學校以來，第一次不那麼想家。

我用鼻子蹭著死浪尼克那好幾層游泳圈，心裡想，「這裡真的比任何地方都舒服。」死浪尼克也把我摟得更緊了，那是一種真情流露的擁抱。這擁抱讓我想永遠留在她的懷抱裡，並徹底地改變我的生活，變得完全像她一樣。儘管她是個肥胖的卷髮婊子[29]，可有時候你就是需要被人擁抱。

我敢說，你肯定以為我會在信的結尾說些刻薄的髒話[30]，但我目前還是感覺挺不錯的。

希望你也一切都好，瑞塔小姐。

愛你的[31]，

哈珀・雅布隆斯基

[29] 她還有口臭，而且鬆垮的背上滿是痤瘡。
[30] 還有時間哦……
[31] 希望我寫這個「愛你的」你覺得沒問題！我不是同性戀，瑞塔小姐！我只是感受到了許多許多的東西。

10月5日

親愛的瑞塔小姐：

哦，這事終於發生了。我戀愛了，就在昨天！

這場戀愛的開頭真像童話一般！

不幸的是，它的結尾卻不像童話❶。

我戀愛了，也失戀了，瑞塔小姐。我知道人們都說：「戀愛過和失戀過總比從來沒愛過好。」但是經過昨天，我想我不能同意他們的看法❷。

❶除非那個童話故事是《小紅帽》，因為我基本上就是被一隻大野狼給吃了。

❷我知道與公認的名言相悖是不對的，但是，瑞塔小姐，聽我說完發生在我身上的事情之後，你再看看我說的是對是錯。

事情的經過是這樣的：

昨天我上了一堂總體經濟學。上課時間是在上午，通常上午的課我都很累，所以我無法一直集中注意力去聽課。還有，這堂課是大班制，無聊得要命，而且講課的老師是一位小個子的印度裔女性，印度口音很濃❸，而且沒有任何幽默感。

課堂上講的東西沒什麼意義，就是關於一個經濟體中，如何在槍枝和奶油之間做出選擇的問題❹。老師問我們，假如這個國家由我們來管理，我們會怎麼選擇？為什麼？於是我舉起手，說：「我選擇槍枝，因為如果你有了槍，就可以去侵略有奶油的人們，把奶油從他們手裡奪走。」

女教授露出了某種微笑，好像我剛才說了個什麼笑話❺，然後又問：「還有人要發言嗎？」就在這時，那個平時不愛說話的男生舉起了手，這位印度女老師就說：「萊恩要發言？」萊恩就說：「我覺得哈珀的觀點其實不錯。如果你擁有武器，就可以控制資源，即使這意味著用武力奪取。」

接著這位印度女人就笑著對萊恩說：「哈珀和萊恩可以組成一個很好的團隊，同學們。事實上，他們的觀點在歷史上並非沒有先例。」

接著她就繼續講述關於槍枝和奶油的題目，而我呢，就我行我素做我自己的，她愛講什麼就講什麼，反正我是不理睬的，只是瞎想著別的事情❻。

一件非常奇怪的事情發生了，瑞塔小姐。我開始對這個男生產生了遐想。遐想這個名叫萊恩的男生。

我想，「也許我們真的是個很好的團隊。」之前我從來沒有注意過他，可是現在我們是一個團隊了，我就真的開始注意他有多麼了不起❼。

然後我開始陷入一陣瘋狂，瑞塔小姐。那堂大班課有兩個小時，之後的時間裡，我完全處於一種精神恍惚的狀態，一心只想著我的夥伴萊恩。

這時我的私處開始瘙癢起來！我想著，「哇，我的下面！沒想到會這樣！」我以為我可能要尿褲子了，但那感覺非常好，像通電一樣，從私處一直襲擊到了我的心臟！

我的眼睛怎樣都離不開萊恩，因為對我來說，他已是一個完美的生靈！

---

❸好像總體經濟學聽起來還不夠難似的。

❹如果我讓你發睏了，真是對不起，瑞塔小姐。

❺我並沒有在開玩笑。現在我依然認為這是個好主意。

❻如果這話聽起來很不負責任，我很抱歉，但我對這門課的態度是過關與不過關都無所謂，因為我知道我成績不會好的。

❼好吧，有件重要的事情要告訴你，瑞塔小姐，我還沒有男朋友呢。你應該記得吧，在高三那年，我還是個處女呢。哦，你猜怎麼著？我現在仍是個持卡會員。:-)我不知道為什麼，我也確信我有無數次失去童貞的機會，但是我卻從來沒有。除了某次之外，我實際上從來沒有和男生親吻過。那是在我七年級時，那個討厭的叫艾力克斯的俄羅斯男生繞著學校的停車場追我，在我的額頭上親了一下。與其說那是親吻，不如說那是個人身攻擊。:-(接著他用俄語說了些話，那語言真是難聽，然後又笑了笑，那笑聲也很難聽。

我當時就坐在教室裡，瑞塔小姐，但卻把我們兩人的一生都做了規劃[8]！

第一次約會：

這將是一次浪漫的經歷，但結束時不會帶有太多的身體活動[9]。我可以風情萬種[10]，我們可以去一家義大利餐廳，比如去羅曼諾義式餐廳[11]，我可以理智地點菜，比如點鮭魚。約會時點鮭魚比較省事，因為上面沒有醬汁，也不能點義大利麵，在約會時吃義大利麵是不可能的，滿嘴都是醬汁的樣子很蠢。萊恩很可能會點牛排，因為他是個高富帥啊。然後他就會開車送我回家，在我下車前，他會將手放在我的脖頸後面，感覺好極了，我有預感下一步會發生什麼事。

他會探過身來[12]，我會讓他親吻一下我的嘴唇。輕輕的、乾脆俐落的一吻。接著他會說：「我過得非常愉快，哈珀。」我僅是莞爾一笑。我什麼也不用說！我不用說：「我也很愉快。」我僅是面露微笑，也許可以賣弄些風情，咬住下嘴唇，這樣他就會一直想著，「她過得愉快嗎？她喜歡我嗎？她究竟是誰？？」

第二次約會：

萊恩會把我請到他家裡，和他的朋友們認識[13]。那將是一個星期日的下午。我將坐在沙發上，男生們都在打電動遊戲，喝著藍帶啤酒⓮。在某個時間點，恩恩會用他那甜美的小手拉住我，然後我們兩人的手指就交織在一起。當其中一個室友開了個愚蠢的玩笑，萊恩就會看向我，並且悄悄地翻個白眼，我也悄悄地翻了一下眼珠。然後他會問我願不願意出去走走，我們就手拉著手走到外面，我們很與眾不同，因為他的朋友們仍在打電動，他們會覺得我和萊恩酷得不得了，因為我們的關係那麼私密，還一起偷溜出去散步。這時，萊恩會說這樣的話：「我真的很喜歡你。」這次呢，我會做出回應。我會說：「我也喜歡你，萊恩。」⓯然後，我們散步回到房間之後，就從他的朋友們身旁走過，上樓來到他的臥室。我的心會跳得飛快，因為我知道接下來將要發生什麼事。他會摟住我的腰，並探過身來吻我。我們會倒在床上，互相親吻愛撫。感覺美極

❽請你不要以為我徹底瘋了。
❾我並非是談性色變者，瑞塔小姐，但是如果你在第一次約會時做得太多的話，男生們都會變得噁心起來。
❿意思就是悶騷，但不淫蕩。
⓫聖路易斯有兩家義大利餐廳。其中一家骯髒不堪，另一家比較體面。當然，我們會去體面的那一家。
⓬不過我要靜止不動，否則我會顯得很淫蕩。
⓭他很可能和幾個男生合住在校外的某間破房子裡。
⓮典型的男生。但很可愛，你懂的。
⓯不過，我不會說：「我真的很喜歡你。」因為我仍需要保持我的神祕感。否則我還是成了個下賤的婊子，那樣的女人萊恩到處都可以找到。

了。然後我會讓他握住我的乳房[16]，但是要隔著衣服。接著他會試圖將手伸進我的衣服，這時我就會說：「也許下次吧，先生。」[17]

第三次約會：

第三次約會就不會是約會了，瑞塔小姐。那將是一次告別派對。告別我的童貞！！！再見了，傻瓜！我會讓萊恩要我的。擁有我。我將是他的。發生的方式應該是，某天晚上萊恩傳訊息給我：

萊恩：在做什麼呢？

我：沒做什麼。閒著。

萊恩：想過來嗎？

我：好啊。

那將是極其浪漫的，瑞塔小姐。我會躡手躡腳地溜出宿舍，經過死浪尼克床邊，經過一無所知的警衛，跑到萊恩的房子。我接近他的房子時，會看到只有一盞燈亮著，那是樓上他臥室裡的燈。萊恩已經沖了澡，正在那裡等待我的到來。

我會朝他的窗子扔一顆小石頭。他會走下樓來，我們就一句話也不說⑱，手拉著手走進他的臥室。在臥室裡，我們會倒在床上開始親吻愛撫。他會立刻將手伸進我的衣服裡⑲，然後吻遍我的全身，瑞塔小姐！

當萊恩在我上面時，他會呼吸急促地問我：「我可以進去嗎，哈珀？」我也會呼吸急促地說：「允許了，萊恩。」

然後他就要了我，歷經好幾個小時，直到我的血染紅了床單，但是他不管那些，第二天我們會一起洗乾淨的，會一起把我的處女膜擦得乾乾淨淨。

就這樣，萊恩和我如膠似漆地甜蜜了好幾個星期之後，我會告訴他，我有好一陣子大姨媽沒來了，不知道這正不正常。萊恩就會拉起我的手說：「這是我想要的，哈珀。我要和你有個家庭！」

然後我們就住在一起了。我會甩掉死浪尼克，萊恩則甩掉他那幾個愚蠢的室友，我們會在學

⑯顯然，男人對於摸胸有種強迫症。

⑰看我說得棒不棒？？？

⑱不需要再說什麼了。

⑲這次我會讓他這麼做的。說話要算數。

校外面找一棟舒適的房子來養兒育女。畢業之後，我專事家務撫養孩子，萊恩會在公司一路晉升到高層⑳。

噢，瑞塔小姐，那將多麼美妙啊！我的一生就圓滿了！

這一切都是真的該有多好啊！但實情卻是這樣的：

下課之後，我走到他面前㉑對他說：

我：嗨，萊恩。

萊恩：（他看我的樣子好像他不認識我）嗨……（很顯然不記得我的名字）

我：哈珀……

萊恩：對。哈珀。

我：下課後你有什麼事嗎？

萊恩：你是說現在？

我：哦，是的，現在。（我風情萬種地一笑）我想是現在。

萊恩：我得去接我女友下班了。有什麼事嗎？

我：噢，沒事。祝你有個美好的一天。再見。（走開）

劇終㉒。

噢，瑞——塔——小姐啊！！！我覺得真是愚蠢極了！我到底在想什麼？尷尬死了。我不知道我腦子裡都在想些什麼鬼東西。他甚至記不得我的名字，瑞塔小姐！對他來說，我什麼也不是。什麼也不是。他還有女友了！

我正在人生的最低潮，瑞塔小姐。我真希望死一死算了。真的想死。因病而死然後在棺材裡腐爛的那種。

正當我想回宿舍殺死自己時，一陣感覺向我襲來。那是一種奇異的全新感覺。

就在萊恩轉身走開時，我開始意識到，我其實並不想和他在一起㉓。

---

⑳我知道你在想什麼——這不是二十世紀五〇年代了，哈珀。但是瑞塔小姐，我是傳統派的。我要和萊恩過上傳統的生活。我不在乎這樣做會讓別人說我沒有上進心。我想和他過上一種正常的、普通的家庭生活。是的，我還要房子周圍裝上白色的尖樁柵欄！是的，我想要二點五個理想數目的孩子！我想要一輛運動休旅車，洗衣機、烘乾機，還要將感恩節的火雞淋上肉汁！我不在乎這樣做會不會顯得老派。我想讓我們的孩子認識他們的母親，我想讓萊恩感覺家庭美滿，事業有成。抱歉了，偉大的美國女權主義者格洛麗亞・斯泰納姆，抱歉。:(

㉑在我的腦子裡，我們已經結婚了，所以對他來說我看起來一定很怪。我的表情肯定像個家庭主婦，從屋裡跑出來迎接她結婚多年的丈夫，而他的表情則像是一個剛從經濟學下課出來的孩子遇到了一個發瘋的陌生人。

㉒也是生命的結束！就這樣，我的生命結束了。一切都結束了。我的奶油瞬間變成了一把槍！

㉓我躲過了一顆致命的子彈。

我開始注意到他身上的所有其他東西，讓我覺得沒和他在一起真的讓我如釋重負。首先，他的穿著簡直就像個少年流浪漢。他的褲子從腰部往下都是鬆鬆垮垮的㉔。他額頭上的髮線已經開始向後移㉕，所以在頭髮上塗抹了髮膠，將頭髮向前梳。你在騙誰呢，萊恩？你將成為一個禿頭傻屄，你還會胖得像頭蠢豬，因為當你的頭髮徹底掉光時，你將變得奇醜無比，沒人會想跟你上床，你只能與食物為伍，最後吃成一個死胖子。

真不敢相信我竟然幾乎要向他投懷送抱。不敢相信我差點把童貞獻給這個肥胖的變態禿頭垃圾！

還有，他的女友在「工作」？她多大了？她八成六十了，像個他媽的老奶奶，穿著肥大的短襯褲，這個蓄著髒辮、腋窩有毛的老嬉皮，這一生不知道跟多少男人上過床。至於萊恩，他那根生殖器上很可能有性病病毒。我應該提醒他的女友，但是她很可能已經知道了，因為她就是個婊子，她知道性病是她傳染給他的。「我得去接我女友下班了。」這句話的意思很可能是他要去逛妓院了㉖。

當我意識到萊恩作為伴侶會有多麼糟糕，我真的感覺好多了。我的全身都放鬆了下來，我覺得事先在腦海裡和他共度一生的自己很幸運，因為如果在現實生活中和「萊恩」在一起，那該有多麼悲慘。

事實是這樣的，瑞塔小姐，有些人命裡註定就是要永遠孤獨一生，因為他們太令人厭惡而沒有人會愛上他們，但我註定要孤獨一生，卻是因為我與眾不同而且思想獨立㉗。

瑞塔小姐，我猜這就是人們所說的成長吧[28]。我終於知道自己是誰。

我是一個女人。

聽我咆哮[29]。

心智一體的，

哈珀．雅布隆斯基[30]

[24] 我猜那褲子是從可以穿越時光的店裡買來的！

[25] 哈哈哈哈！！他將禿得不剩一根頭髮！

[26] 因為他的女友很可能就是一隻雞。

[27] 而且我不需要一個男人來圓滿我的一生。對不起了，男士們，但我一個人過得很好。我知道我是誰，我知道我需要什麼，如果這樣就把人們嚇跑了，我很抱歉。我強烈的獨立意識。我強大的意志力。我將像艾蓮娜．羅斯福或者珍妮絲．賈普林那樣，成為一個強大的單身女性。我將過著單身生活，不會和什麼留著平頭、帶有口臭的同性戀在一起，而是像個擁有自己身體的美麗女人那樣活著。我不需要男人來告訴我能做什麼、不能做什麼。尤其不需要像萊恩那樣落伍的、困在時間隧道裡的野獸來告訴我。

[28] 是往好的方向長。不是往胖裡長。

[29] 不是真咆哮。那很不雅。

[30] 我是永遠不會改名字的！甚至中間都不加上連字號。我不會因為男人而做出任何妥協！

10月18日

親愛的瑞塔小姐：

有時候，有些事情糟糕透頂，但如果你從另一個角度來看待它們，其實情況並沒有那麼糟糕❶。

這星期我經歷了一個很詭異的夜晚，這使我對自己的生活和父母做了很多的思考，也讓我想到了我長大之後要做什麼❷。

好了，事情的經過是這樣的：

死浪尼克和我星期三都沒有課❸，所以我們閒著沒事就宅在宿舍裡❹。死浪尼克讓我看了一段噁到不行的蟒蛇吞鱷魚影片。雖然畫面很噁心，我的眼睛卻還是死盯著螢幕瞧。

影片即將結束時，傳來了敲門聲。敲門的方式聽起來很愚蠢，感覺像是以滑稽的節拍敲幾下，然後等待別人來完成這個節拍似的。

死浪尼克去開門，門外站著兩個醜斃了的老傢伙，像白痴一樣獰笑著。死浪尼克尖聲叫道：

「噢，我的天啊，你們這些傢伙到這兒來做什麼？」

那兩個醜傢伙說：「我們想給你個驚喜，帶你去吃晚餐！」

接著，這三個醜胖子就手拉著手在屋裡蹦蹦跳跳起來。

這時我才意識到，他們就是死浪尼克的爸爸媽媽。

她爸爸看起來很像知名罐頭上的那個博伊納迪大廚，但人家那個大廚沒有他那麼醜，也不是猶太人，而且人家還戴著大廚的帽子。她媽媽的樣子則很像死浪尼克，如果死浪尼克繼續胖下去，變得更醜些，並且一生都不做出任何正確的行動的話。

死浪尼克把我介紹給了他們：「這是我的朋友哈珀。」❺

我和死浪尼克夫婦握了握手，她爸爸咧嘴大笑說：「難道這就是久仰大名的哈珀！」她媽媽

---

❶你知道嗎？

❷仔細想想，其實這個階段很快就要到來了。不過，在我這個年齡時，你應該很難想到自己會變老的，對吧？

❸實際上，死浪尼克從來都沒有課（懂了嗎？因為她是個婊子）。

❹這裡我應該聲明一下，死浪尼克最近的行為都挺過得去的。事實上我們開始好好相處了，而且感覺她也不那麼混帳了。

❺好吧，我知道這聽起來沒什麼了不起的，但是她是說「朋友」而不是「室友」，這讓我感覺非常好啊，瑞塔小姐，因為「朋友」是你的選擇，而「室友」是沒辦法選擇的。

說：「我們聽過很多關於你的事情呢！」

我只說了句：「這樣啊。」因為我不知道她是什麼意思，她並沒有說「我聽到了很多好的事情」或者「壞的事情」。她只是說了「事情」。

然後死浪尼克就問，我是否可以和他們一起去吃晚餐，她爸爸說：「當然！」然後又用一種類似吸血鬼的愚蠢聲音說：「我們是來請你們兩人一起去吃飯的！哇哈哈！」

接著死浪尼克就尖叫了一聲，擁抱著她的父母說：「太興奮了！」

當我們上了死浪尼克父母的車之後，她爸爸說：「吉爾和我想到一個好地方，叫作『橄欖園』，你們覺得怎麼樣？」

死浪尼克喊道：「耶！」❻還做了幾下舞蹈動作。

在開往餐廳的路上，他們三個人都在同時說話，激動得要命，好像他們好幾年沒見面了似的。我真想恨他們，但是此刻我更想和我的父母在一起，而且讓我感覺失望的是，我的父母從來不想給我什麼驚喜❼。他們詢問死浪尼克上課的情況，知道她所有教授的名字，而且對她的功課情況瞭若指掌。真是邪門。我的父母甚至連我選了什麼課程都不過問。

到了橄欖園，我們得等位子，他們給了我們一個小小的震動棒❽，好讓我們知道什麼時候有空位。

我們在等位子時，死浪尼克一家人大談特談他們在這家餐廳吃飯是如何如何地高興，例如「真等不及要來一口他們的肉醬義大利麵！」或是，「我想我們該點個烤餅。你知道的，為這桌而點。」❾這時死浪尼克說：「你們知道我最喜歡吃什麼吧？」

接著她父母就異口同聲地說：「無數根麵包棒！」

接著死浪尼克就像肥豬高興那樣尖叫起來❿。

然後他們問我想吃什麼，我不知道該怎麼回答，因為我不像他們那樣熟悉菜單，所以我就說：「噢，我想我不太喜歡義式料理。」我不知道我為什麼要那麼說，瑞塔小姐，其實我很喜歡義式料理。我只是太緊張了，才會那樣脫口而出。

她父母有些失望地看著我說：「你想再換一家餐廳嗎，哈珀？」我應該說：「不了，這裡很好。其實我很喜歡義式料理。」但我說出口的卻是：「好啊。」

幸運的是，那個震動器這時嗡嗡地響了起來，我們的位子準備好了，所以她爸爸就說：「好

❻猶如他們問她是否喜歡贏得一張彩券。不過我想，對於死浪尼克一家人來說，食物就像贏得彩券一樣富有魅力。

❼好吧，我的父母住得離學校太遠了，但是，即使學校離得很近，他們也從沒想過給我什麼驚喜。我父母從來不搞什麼有趣的樂子，不率性而為，也不搞什麼滑稽的場面，如果要做，那也要顯示出他們有多麼地了不起，你懂嗎？

❽那就是死浪尼克最接近約會的東西了。

❾是啊，將吃掉所有食物的責任都歸咎於桌子嘍。

❿我在想，死浪尼克一家人再點上無數根麵包棒，會讓橄欖園破產的。

吧，這次我們就先在橄欖園吃，下次讓你來挑選餐廳。」當時我就想，他們人真的很好，因為儘管今晚我掃了他們的興致，他們下次卻還想讓我和他們一起去吃飯⓫。

瑞塔小姐，我得說，和死浪尼克一家人一起吃飯真是很棒的經歷。他們一家人都很有趣，而且他們談話時總是不忘把我也加進去。她爸爸描述了他騎車去阿米希地區的經歷，他還在阿米希人的房子裡住了一個晚上。她媽媽談起了她的讀書會，描述的方式很有趣，好像那是一個少年讀書會，還說這讓她想起了當年高中上英語課時，班上同學很容易激動過頭地彼此爭論。

我的父母很少跟對方說話，也從來不做什麼有趣的事情。我爸爸每天晚上下班回家都很晚。如果媽媽或我問他這一天怎麼樣，他就會說：「現在請不要談這個問題好嗎？」我媽媽沒有真正喜歡的朋友，也從不想加入什麼讀書會，因為那樣她就得讀書，但她就是不想讀書。

而死浪尼克一家人看上去卻非常快樂，看他們這樣讓我感覺很奇怪。我父母和陌生人在一起時總是裝作很幸福的樣子，但是很明顯，他們是裝出來的。可是死浪尼克一家人似乎對自己的生活，以及彼此的存在感到很幸福。我想我從來沒有想過這種事情竟然是可能發生的⓬。

他們還問了我一些問題，比如我是否喜歡這間學校，我的回答是不喜歡，然後他們就告訴我，「第一年總是最難的，先別太擔心現在喜不喜歡。」給人這種忠告聽起來很怪，但是卻讓我對學校的感覺變得輕鬆了⓭。

瑞塔小姐，這頓晚餐真的太棒了，我感覺自己也是死浪尼克的家裡人了。我們吃了甜點⓮，喝了咖啡，最後死浪尼克夫婦付了帳，並感謝我們過來和他們一起吃飯：「今天晚上有你們兩位女孩兒陪我們吃飯，太感謝你們了。我們太開心了！」

瑞塔小姐，在回宿舍的路上，我不是開玩笑，我一路上都在說話！我真不敢相信！在別人面前我通常是不說話的，因為我太害怕自己會說出什麼愚蠢的話，或者說些連我自己都不懂的話，然後人家問我我卻不知道怎麼回答。但是這次我卻踩不住剎車。我把我的一切都告訴了死浪尼克一家，甚至還跟他們說了連我自己都沒想過的問題，比如將來要從事什麼職業等等⑮。我甚至把你也告訴了他們，瑞塔小姐⑯。

他們把我們送回了宿舍，輪流擁抱了我們兩個人，然後她爸爸對我說：「很高興你能照顧

⑪橄欖園的前廳有塊牌子，上面寫著「來到這裡就是一家人了」。所以我想，既然我來了，我就是他們家的一員了。這讓我感覺很好，儘管我不想成為他們家的一員，因為如果那樣，就意味著我很可能要變胖和變醜了。

⑫不過，儘管他們人都很好，可是看他們吃飯的樣子還是有些噁心。我不知道你有沒有去過什麼農場，瑞塔小姐，在農場，你能看到肥豬在槽子裡吃食，吃完就地一滾，滾一身自己的屎尿，看死浪尼克一家人吃義大利麵條就是這種感覺。

⑬當我告訴我媽媽我討厭學校時，她說：「我們花了那麼多的錢供你上學，你最好現在開始喜歡這間學校。」我心裡想著：「滾啦，媽媽！」

⑭為「這桌」點了提拉米蘇和西西里義式捲餅。

⑮我告訴他們我將來要從事「時裝」業，我之前從未想過這個問題，因此我很緊張，我覺得這個職業聽起來很好。

⑯但是我只說了我在高中有個「良師益友」。他們說：「聽起來你這位良師益友給了你不少鼓勵。」不賴吧，嗯？

我女兒。」我簡直不敢相信。我在照顧她？我不知道他們說這話是不是認真的，但是讓我感覺非常好。我從來沒有照顧過誰，可是突然間，我卻照顧了死浪尼克！這讓我覺得我好像是個成年人了，讓我感覺自己很重要，感覺我被需要了。

死浪尼克和我回到了我們的宿舍，而我的笑容依然掛在臉上。我想沖個澡，把頭髮上橄欖園的味道沖洗掉⑰，但我想我該客氣地先問死浪尼克是否想先沖個澡，所以我就問了。她回答說：「好啊，謝謝你問我，哈普！」⑱

死浪尼克拿上浴巾、香皂和牙刷，去淋浴間沖澡，我就一個人在宿舍裡來回走了幾圈。

我看了一遍我們兩人共有的財產。我們的咖啡壺。我們的微波爐。我們的小冰箱，中間還留有一道永遠去不掉的咖啡漬。我們的烤麵包機。我們那髒兮兮的垃圾桶。我們從一元商店買來的盤子和鋁叉。我們的白板，上面用綠色螢光筆寫了幾個字：「咖啡壺壞了。」

接著我又看了看死浪尼克的東西。她的直髮夾。她的睫毛夾。她吃了一半的能多益巧克力醬。她去過的每一場音樂會票根。她的軟木板，上面釘著家鄉醜人的照片。

然後我又看了看我的東西。我的人類學課本。我的筆記型電腦，紅色蘋果的貼紙覆蓋住了原本的蘋果標誌。我從家裡帶來的褪了色的安撫巾。我的「街舞大賽」XXL號T恤衫。我從好市多買來的散裝食物。

這時我就想，如果死浪尼克多多使用我的東西，我也許會高興的。我的東西如果有她來分享，而不是僅僅由我自己來使用，那也許會讓我感覺更快樂些。她吃我的拉麵，而不僅僅由我自己吃，或許會讓我感覺更快樂些⑲。

這時我就開始想起自己的父母。我努力以客觀的角度來看待他們。你懂嗎？單純像個陌生人，暫時拋開我是他們女兒的身分來思考他們。然後我對他們真是充滿憤怒。

他們知道我在這裡非常孤獨，可是他們卻從來不做什麼事情來讓我感覺好些或者感覺被需要。當我問他們，這個學期他們能不能來看我時，我母親說，他們認為我需要「在這頭幾個月的時間裡獨立地闖一闖」⑳。僅僅與死浪尼克一家人度過一個夜晚，我所感覺到的愛和家庭歸屬感，就超過了我與自己父母所一起度過的十八個年頭。

死浪尼克沖完澡出來時，頭上裹著一條毛巾，樣子很像穆斯林男人㉑。她全身被熱水洗得一塊塊通紅。我立刻感到一絲尷尬，因為她看起來有點胖，而我覺得我有個胖室友是件丟臉的事。

---

⑰用廉價的義大利紅醬拌的寬麵條。

⑱她都我叫哈普。我以前沒有過什麼暱稱，假如一個星期前你問我是否想要個暱稱，我會認為那很愚蠢，但是我現在真的喜歡「哈普」這個名字。

⑲我知道這話聽起來有些怪怪的，或者說不合邏輯，你想想看，「怎麼會因為別人吃了我的拉麵而感到快樂呢？」但是知道死浪尼克快樂，會讓我也感到快樂，我真的是這麼想的。很怪吧。

⑳意思就是他們不會來看我。

㉑這裡含有種族主義意味嗎？我不確定。她那個樣子看起來真的很像。

我也擔心人們會因而認為我也是個胖子。然後我又努力提醒自己，以這種方式思考問題是不厚道的，也很可能是不對的。

這時，死浪尼克說：「咱們把那個蟒蛇的影片看完怎麼樣？」

我腦中關於她的肥胖的思緒戛然而止，頓時興奮起來。我完全忘記還有那段影片了。

死浪尼克打開電腦，影片暫停在三分之二的地方。她按下播放鍵：

影片實在太噁心了，瑞塔小姐。那條蟒蛇吞下了整條鱷魚，然後就撐得滿滿地蜿蜒爬走了[22]。

我很想討厭那條吃了鱷魚的蟒蛇，但隨即又想，「也許這不關我的事。」

我看了看死浪尼克，她也覺得很噁心。我暗自好笑，因為我從蟒蛇的角度來看我們：當我吞下這條鱷魚蜿蜒爬走，這兩個女孩都做出了噁心的表情瞪著我看。

我意識到，對這條蟒蛇來說，死浪尼克和我也許沒什麼不同。

接著我又想，這條蟒蛇很可能以為我們兩人有什麼親屬關係呢。也許牠想對了，也許死浪尼克和我就是親屬關係。

也許這就是生活：在不同的地方找到家人。比如今年，死浪尼克和我就成了一家人。也許明年，我會有另一個室友，而那個室友也會是我的家人。

從某方面來說，這個想法讓我感覺非常孤獨，但同時又真的不孤獨。

因為這意味著，人人都可以是我的家人，但也沒有誰會是我永久的家人。

10月18日

哦，除了你之外，瑞塔小姐。謝謝你！

愛你的，
哈普[23]

[22] 你可以看到鱷魚在蟒蛇體內的輪廓，超詭異！
[23] 只有你和死浪尼克可以這麼叫我。:)

11月7日

親愛的瑞塔小姐：

我本打算不給你寫信了，因為我想我不該再給你帶來煩惱了，但是卻發生了一件非常恐怖的事情，我不知道我是該報警還是買把槍或者別的。到目前為止，我還沒有告訴任何人❶，但要我埋藏在心裡是不可能的。

我想我也許被一個老師給性騷擾了❷。

我就從頭告訴你吧，這樣你會知道事情的來龍去脈。

我選了一門人類學導讀的課程，基本上是關於全世界各種不同的文化以及為什麼這些文化很怪異❸的內容。給我們上課的教授是個年輕男子，一位非常渴望成為「酷」教授的男子。他穿著

「酷」法蘭絨襯衫、「酷」牛仔褲，而且長髮垂肩。我想他也許是有點魅力，但是當他叫女學生們站起來發言的時候，她們都一副性高潮的樣子，這真他媽的煩人❹。

他的名字叫葛瑞特先生，但因為我們正在通信，就讓我們暫時稱呼他為多伊先生吧，萬一將來要上法庭或起訴什麼的。

前三堂課講的是關於女性割禮，那是我此生聽過最噁心的事❺。割禮就是那些邪惡的非洲男人將可憐的非洲女人的陰道割掉。他們這麼做是出於最噁心、自私的理由：因為，當他們將自己碩大的陰莖插進可憐女人被割過的短小陰道裡時，會感覺更好。

男人真他媽的太可怕了，瑞塔小姐。他們的一切都是那麼噁心，那麼恐怖！在我與多伊先生「遇上」了之後，我真想把所有男人那可惡的陰莖都割下來，插進他們愚蠢的眼窩裡❻！

整起事件裡最為混蛋的部分是，多伊先生竟然讓我們寫一篇探討為什麼女性割禮是件好事的

11月7日

❶除了你之外。在我們想到解決辦法之前，請替我保守祕密。
❷我不想讓你害怕，但這是真的。是的，哈珀，歡迎來到大學。
❸有人說這個詞不太合適。
❹我碰巧聽到那個叫莎拉・斯坦的婊子說：「我真想跟他來一發！」而且他總是叫莎拉發言，真是惱人。
❺你聽過嗎？如果沒有，可以查查看，但別憤怒到吐了。
❻我知道這太血腥了，但我真的很想這麼報復多伊先生。

報告❼！按照要求，我們要「結合」我們所學過的關於其他文化和特殊習俗的內容，來解釋為什麼切割女性的陰道是一件好事。我真不敢相信！

當他問我們有沒有問題時，我舉起了手，莎拉・斯坦那婊子也舉了手。我想要問的問題是，我們怎麼能寫一篇支持那個邪惡狗屎觀點的報告，但是多伊先生卻讓斯坦婊子發言，而沒有叫我。這個溜鬚拍馬的婊子就問：「報告的字數有規定嗎，還是我們想寫多少就寫多少呢？」❽

多伊先生就說：「當然，莎拉，只要把你的觀點說清楚，寫多少都可以。」

就這樣，我回到宿舍開始準備寫這篇報告，但我打從一開始就認為我根本不應該寫。

死浪尼克正在宿舍裡看《貝武夫》。現在我們相處得非常好，因為她不那麼像個婊子了，而我的思想也開始變得更加「開明」了❾。

我就告訴死浪尼克，我們要寫一篇關於切割非洲女性陰道的風俗是件好事的報告，她聽完驚愕不已。她說她正看到格蘭戴爾的母親為了給死去的兒子報仇，反覆給貝武夫製造威脅，最終卻被貝武夫所殺。貝武夫殺死了他敵人的母親！這典型得令人難以置信。我就意識到，從古至今，所有男人，包括貝武夫、非洲男人、多伊先生，都是他媽邪惡的混蛋！

我的心情非常矛盾。因為我必須寫這篇作業報告，可是我知道這麼做是不對的。所以我就做了一點「內省」，這是高三那年你教我的。

經過內省之後，我知道我不能寫這篇報告。

所以我就坐在電腦前，開始寫我認為應該寫的東西。我是這樣寫的❿：

在非洲許多國家，正發生這樣一個普遍存在的問題，即「女性割禮」。女性割禮，也作「女性生殖器切割」、「女性生殖器切除」，世界衛生組織給的定義是：「部分或者全部切除女性外生殖器，或者對女性生殖器官造成其他形式的傷害，所有做法並非出於醫療目的。」（維基百科）

我的人類學導讀課老師，葛瑞特先生，要求我寫一篇報告探討為什麼這是一件好事。

但是我不能寫。

因為這絕不是。

一件好事。

女性割禮是男性施加於女性的一種可惡習俗，因為男人想讓女人的陰道短小些，這樣進行性行為時，他們的陰莖感覺會更好。如果有誰認為這個做法是好事，那他們就錯得令人厭惡了。

迄今為止，男性已經控制了世界上所有的一切，長達數百年，不管是銀行業還是體育界，或者是汽車工業。現在該是發生變化的時候了。男性認為他們有陰莖，或者長得比女性高，他們就

❼是的，你沒有看錯。他要求我們寫一篇關於全世界那件最邪惡的事情為什麼是件好事的論文。
❽她應該問：「下課後把沾在我鼻子上的你的屎擦乾淨得花多久時間？」因為她就是個馬屁精。
❾這得感謝你，瑞塔小姐。
❿不好意思，我把整篇報告都寫進來了，但是瞭解背景故事很重要！

可以控制女性了。

女性割禮這一習俗現在必須終止，施以這種惡習的男性應該把自己的陰莖割下來，看看自己感覺怎麼樣。如果可以，我想飛到非洲把所有男人的陰莖都割掉⓫。再將所有非洲人的陰莖都放進一台巨大的果汁機裡，讓每個非洲男人都來看自己的陰莖被絞成血紅的陰莖奶昔。然後我會逼他們喝掉它，直到他們嘔吐不止，接著我還可能逼著他們吃掉他們吐出來的嘔吐物⓬。但是因為非洲有各種疾病，我不能去那裡，所以我將從聖路易斯開始，割掉所有對妻子施以家暴的男人的陰莖。割掉所有強姦犯和時刻在騷擾女性的酒保的陰莖。

然後呢，反正我已經豁出去了，葛瑞特先生呢？我也要把你的陰莖割掉。我能看出你盯著班上某些女生的眼神。你正在利用自己的權威和女學生調情，我看出來了。而你現在要求我們寫這樣一篇報告，證明你支持那些為了自身邪惡樂趣而割掉女性陰道的邪惡非洲帝國的男人們。

哦，猜猜看，男人們？猜猜看，葛瑞特先生？你們的大限已到！

這就是我的報告。我讀給死浪尼克聽，她認為我寫的東西太令她驚奇了。她的原話是：「哈珀，這是我所聽過最讓人震驚的東西。」

然後，第二天上午，我就把報告投進了多伊先生的信箱。

我們的人類學課是下週二，所以整個週末和星期一我都在思考多伊先生看到報告時會怎麼想。我愈想愈興奮，愈來愈有信心，我認為我寫的東西不僅明智，而且對全世界都是件好事⓭。

星期二，我像往常那樣去上課，心裡緊張又興奮，如同你在等著看誰被踢出《美國偶像》節目一樣。多伊先生走進教室，好像什麼事情也沒有發生。我在想，他會不會連看都沒有看那些報告呢？幸虧這時斯坦婊子舉起手，問：「我們的報告今天會發回來嗎？」⓮多伊先生說：「會的，報告我都看了，並且打了分數，快下課的時候我會發還給你們。順便說一下，你們都寫得非常好。」

我困惑不已。他怎麼能夠全看過又打了分數，卻對我的報告隻字不提呢？

不管怎樣，在課堂上他沒有再談到「女性割禮」。他開始講一堂新課，評論一部叫作《北方的南努克》的愚蠢紀錄片，描述的是一個愛斯基摩人撒謊上船的故事。

課堂即將結束時，多伊先生說：「趁我還沒忘，現在歸還你們的報告。這星期你們寫的東西有些確實很有意思。」

⓫好吧，報告從這裡開始有點瘋狂了。
⓬我不知道我在想什麼，瑞塔小姐。我知道我這個想法太噁心了，我想我是有點失去理智了！
⓭我最喜歡的名言之一就是：「行為端正的女性很少創造歷史。」我想我在創造點歷史了。
⓮我懷疑斯坦婊子沒有寫要割掉多伊先生的陰莖。

然後他就靜靜地將報告遞給我們，當他來到我的桌前時，他只是很隨意地將報告放在我的桌子上，好像我沒有寫下那篇關於要割掉他陰莖的報告。我趕緊看了第一頁，上面沒有任何評語。快速翻到背面，上面留有一行小字：「課後來見我。——葛瑞特先生。」

我不知道該期待什麼。我想他或許對於我寫的陰莖奶昔那句話有些憤怒，但是除此之外，我想我寫的東西都是經過深思熟慮的。

等大家都離開了教室之後，我還留在座位上。

多伊先生走過來，坐在我旁邊的座位上。我的心在瘋狂地跳動。我不知道他是否會向我祝賀，還是會對我怒吼還怎樣。

他開口了：「是的，我看了你的報告，哈珀。」

我什麼也沒說。他繼續：

「我理解你對這個議題有著強烈的情緒。顯然它激起了你的許多感受，這是件好事。我很高興你表達出來了。我認為你的某些用詞有點過於激烈⑮，但是我高興看到你的報告充滿了激情。」

「所以我得到A了嗎？」我問。

「很不幸，我得給你一個『未完成』。」

「為什麼？」

他說：「因為你沒有完成作業，哈珀。」接著他就開始說些狗屁東西，什麼雖然我不支持

「女性割禮」這一習俗，我也必須「以人類學的論點來寫一篇帶有理論分析的文章」。

我開始真切地感到失望。因為我知道這是怎麼一回事了。歸根結柢就是他不喜歡我，所以上課時才不讓我發言，也從來都不和我有目光的接觸，並且那麼熱衷於叫斯坦婊子和班上其他喜歡拍馬屁的婊子們發言。

我可不能讓他僅僅因為不喜歡我，而給了我一個「未完成」就跟他算了。所以我問他：「上課的時候，你為什麼不叫我發言？」

他就說：「我叫你發言比別的同學少，你這麼認為是對的。但這是因為在討論時，你往往不夠有建設性，哈珀[16]。你發表觀點時喜歡大喊大叫，而不是深思熟慮地參加討論。」

但我知道那是胡說八道，所以我對他說：「我認為你不叫我發言，是因為你覺得我不夠漂亮。」

他的樣子有些吃驚。他說：「什麼？」

我就直視著他的眼睛[17]問他：「多伊先生，你認為我漂亮嗎？」

---

[15] 大概是「果汁機」這個詞。
[16] 去你媽的，多伊先生！
[17] 我不敢相信我竟是那麼勇敢。

你知道他說什麼嗎？「我認為你是個非常可愛的女孩，但是你需要學會如何控制自己的衝動，哈珀。」

非常可愛的女孩！我他媽的就知道。突然間，一切都雲開霧散了。

多伊先生在暗戀我。所以他才不和我有眼神接觸，所以他才總是和莎拉・斯坦調情。那是因為他認為莎拉・斯坦是個沒有吸引力的婊子⑱，而我才是性感的。我他媽就知道！

我們談完之後，他說謝謝我能留下來和他談話，並要求我考慮重寫這篇報告。然後他有些尷尬地說：「祝你有個愉快的一週，哈珀。」

我十分困惑地走回宿舍，腦子裡盡是些奇怪的想法。

我的意思是說，我確實覺得多伊先生很性感。他的樣子那麼睿智，那麼信心滿滿，光是這點我就認為他很性感。他知識淵博，精力充沛，態度友好，或許也很溫柔體貼。他可能永遠不會讓任何人來切割她們的陰道，他很可能會非常和藹可親，完全不像那些非洲男人。我尋思著也許該和他做愛來失去我的童貞⑲。他很可能知道所有做愛的技巧，因為他對各種文化、各種知識無所不知。

我知道這話聽起來很瘋狂，但是接下來我又開始想，也許我會意外地懷上他的孩子，然後我就永遠地纏上他了，但卻是以一種良好的方式，比如我們不得不奉子成婚。然後我們就可以盡情地做愛，因為我們結婚了。等我停經不能再有孩子之後，我們就可以更加盡情地做愛，因為不會再有機會懷孕或者染上愛滋病了。我們會結婚，組建一個幸福的家庭，他會教我世界知識，我們會一同死去，躺在同一口棺材裡，因為那樣會更浪漫[20]。

當我回到宿舍時，我把我和多伊先生的精彩會面經過全都告訴了死浪尼克。但是死浪尼克根本不認為這很精彩。當我告訴她，多伊先生說我是一個「可愛的女孩兒」時，她感到震驚。

她說：「哈珀，難道你不認為那樣有點奇怪嗎？」

我說：「不會啊，我覺得很棒。」接著我又告訴死浪尼克，我想和多伊先生上床，而且我認為他可能也想，因為他瘋狂地暗戀著我。死浪尼克聽了更為震驚。

她說：「哈珀，我認為你應該檢舉這個傢伙。我認為這構成了性騷擾。」

我對死浪尼克說，她只是嫉妒心作祟。但是她說，檢舉老師的任何「越線」行為非常重要。

突然間，我感到十分難堪。如果多伊先生真的越線了怎麼辦呢？如果我真的成為性騷擾的犧牲品該怎麼辦呢[21]？

---

[18] 他那麼想就對了。

[19] 我想我對做愛應該會很在行，因為我媽媽總說我有著「舞者的身體」。

[20] 好吧，我知道這些話聽起來老套而瘋狂，但是，瑞塔小姐，我的腦子好像一分鐘能運轉一百萬英里似的！

[21] 好吧，我知道我沒有被強姦或什麼的，但是也許這場性騷擾正以「可愛的女孩」開始，並將以我被綁在床柱上然後陰道被割掉結尾！

瑞塔小姐！

這時我變得超級尷尬。死浪尼克就問：「你沒事吧，哈珀？你的臉好紅。」

她說得很對。我用手摸了摸自己的雙頰，臉很燙。我的耳朵也很燙，每當我緊張時，我的耳朵就會這樣。

我不知道怎麼辦，瑞塔小姐。現在我感覺自己非常骯髒。如果死浪尼克說對了，我確實被性騷擾了該怎麼辦？我該做什麼？如果我舉發了多伊先生，然後他被捕入獄了，我就失去了和他結婚生子，以及失去童貞的機會，那該怎麼辦？我感覺我好像愛上了這個施暴者，這是這種關係中常發生的事情㉒。

所有奇怪的想法同時在我的腦子裡轉個不停，我現在真的什麼也想不下去了！

請幫幫我吧！

哈珀・雅布隆斯基

㉒我可不想成為他們的統計資料。

11月23日

親愛的瑞塔小姐：

我給你寫信是要告訴你，我再也不給你寫信了❶❷。

這一個星期對我來說非常奇怪❸。

首先，我要感謝你過來看我。當我第一眼看見你坐在我宿舍外面的長凳上時，我感到十分困惑。坦白說，我最初並沒有認出你，因為你臉部有些發福❹，而且你還像個老太太一樣，把頭髮

❶這也許會讓你高興的。:-)

❷很諷刺，是吧？

❸好吧，我知道我總是這麼說，但是這個星期確實是，尤其是，真的非常怪異。

❹對不起！但是你確實發福了。

剪得很短。

然後，當你說「哈珀」時，我就看到了你的眼睛，它們一點也沒變。這真是奇怪，儘管一個人的臉部可能會變胖、變老，但眼睛卻和從前一模一樣。

當我發現那是你的時候，瑞塔小姐，一股熱浪襲遍了我全身，因為我突然想到，你是走了那麼遠的路來到聖路易斯，為的就是來看我。這讓我感覺非常美好，感覺到了無比的愛。

而當我問你在這裡做什麼時，你說：「我只是覺得你需要人陪伴，哈珀。」聽到你說這話，我真的很想哭，因為你人太好了，我知道你費盡千辛萬苦來看我，卻想輕描淡寫一句話帶過❺。

這讓我情緒如此激動！所以我才一句話也沒有和你說。因為我覺得，即便只說一個字，我都會立刻哭出來，所以我很努力不說半句話。

然後你建議我們去星巴克喝點咖啡，再「把事情談一談」，我當時不懂你是什麼意思，但能夠和你在一起，我只覺得開心極了。

我知道這話聽起來有點怪，但是在去星巴克的路上，我實際上已經開始把你看作我的母親了。我不知道你是否有發現，但是我時不時地偷看著你，看看你和我是否有什麼相似之處❻。

我甚至記不得路上你說了些什麼，因為我的腦子裡充滿各種想法！我開始想著你是如何來到聖路易斯這裡的，想著你得從紐約飛到這裡，再租一輛車，然後住進旅館。我想著，你所做的一切都是為了我，這是多麼令人驚嘆啊，瑞塔小姐。從來沒有人對我這麼好過。

當我們來到星巴克時，我非常期待我們的談話。我感覺像是在做夢，因為有時當我給你寫信，我會想像你一邊看信一邊點頭，理解的同時又一邊在笑著❼。

所以我在想，和你說話就像要當著你的面給你寫信一樣，這個想法既怪異又十分美妙。

我想像著一切我們可以談論的事情，想像關於生活中所發生的一切，我將獲得你的忠告❽，想像你如何化腐朽為神奇，把大事化小，小事化無，然後你再告訴我「你值得擁有快樂」，然後我們會四目相對❾，相視而笑，然後我回到宿舍死浪尼克那裡，你回到紐約的家，我們兩個人都快樂無比。

但是，瑞塔小姐，現在我必須要說，我有點認為，你腦子進水了，而且，我很抱歉這麼說，你還一臉賤樣。

---

❺這就像人們捐獻不留名一樣。如果我去捐款，我一定會留下我的全名，這樣人們就會知道我捐了款，但是如果你不留名，那豈不更好？

❻實際上真的有相似之處。你額頭上有很多黑頭粉刺，而且開始有女性禿頭的跡象，但除此之外，我覺得我們兩人完全有著親屬關係。

❼不是嘲笑我，而是說感覺我在刻意耍寶。:-)

❽比如如何努力結交更多像我一樣的朋友，或者如何努力失去我的童貞，或者如何應對古怪的老師，或者如何不憎恨我那混蛋父母。

❾但不是同性戀那種。

你看，我那麼期待我們的談話，但是當我們坐下端起咖啡，你卻突然變得一臉嚴肅，看我的眼神，好像我得了什麼病似的⑩。

然後，瑞塔小姐，你接下來所說的事情真的令我很生氣。

比如當你說，我在信裡所說的話讓你覺得我「經常不穩定」，並建議我做一次「短暫的『人生休息』」⑪，讓我感覺你再也不是我的朋友了。我感覺你是在評判我，或者告訴我該怎麼做，而不是聽我說。

還有，當你說，我的上一封信真的「令人震驚」，因為你認為我在冤枉一名老師做了可怕的事情⑫。

這時我才納悶起來，你為什麼要打那麼遠的地方來到聖路易斯，只為了告訴我，我很愚蠢荒謬呢⑬？

我知道我給你寫的內容確實很瘋狂，但是許多時候，我就是控制不住，因為那就是我腦子裡的真切想法。有時我腦子裡會產生最瘋狂的想法，用常規而輕鬆的詞語很難表達⑭。

但那並不意味著我「不穩定」，或者需要什麼「人生休息」。

正是因為如此，我才一直沒怎麼說話。正是因為如此，我才只是點點頭，一個人回到了我的宿舍。正是因為如此，我才連笑容都沒有展露，也沒有感謝你來看我。

所以。

我想，我們最好停止通信一段時間，因為，瑞塔小姐，我認為我很可能是把你當作枴杖了。

而我也知道，有時候沒有枴杖會很艱難，尤其是當你感覺雙腿非常疼痛的時候。但是長遠來看，這樣比較好⑮。

還有，我認為從某些角度來看，你的觀點也有些狹隘，瑞塔小姐。所以我真的再也不需要你

---

⑩好像我應該被可憐。

⑪這話聽起來好像你希望某人去自殺，或者去住精神病院。

⑫當然，我是不會舉發他的，瑞塔小姐。我他媽才沒傻到那種程度。

⑬這時我再次想起了你的長途旅行，你住進旅館，還租了汽車。不過這次我是以不同角度去想的，比如，你為什麼不辭辛勞從遠方來到這裡，難道僅僅是為了來侮辱我嗎？

⑭比如，有時我感到焦慮，感覺好像想要去死，我就會說：「我不想活了，瑞塔小姐！！」這話對你來說，好像我就要自殺似的。但實際上我的意思是，我想去死。那是我當時的真實想法，但並不是說我真的要去自殺。你得學會好好讀懂字裡行間的意思，瑞塔小姐。

⑮我有跟你說過我必須參加柴火營那次嗎？噢，我他媽的上帝啊，瑞塔小姐！在六年級的時候，我們學校搞了一次為期一週的宿營活動。我從來沒在外面過夜，更甭說去過一個星期的宿營生活了。很顯然，一想到這個活動我就被嚇得半死。出發前一晚，我精神崩潰了，求我媽別讓我去柴火營！那天晚上我不停地祈禱自己趕快生病，這樣我就可以躲過去了。（實際上，我穿著所有衣服上床睡覺，希望半夜裡能因為熱過頭而生病。結果我只是搞得渾身大汗而已。）

好吧。第二天早上，媽媽開車送我到了學校，那裡已經有一排校車等著將我們送到柴火營去生活一星期。當我看到校車時，我真他媽的嚇壞了，因為那些車讓這趟旅行變得更加真實。我上了校車，在後排找了個座位，努力讓自己不失控，但要我不哭真的太難了。這時我隔著車窗看見媽媽正走回自己的車子，準備開車回家。她向我揮揮手，然後我就他媽的失控了。

的忠告了。
好吧，希望你安全到家。
再見了……

哈珀・雅布隆斯基

我終於崩潰了，在眾目睽睽之下痛哭失聲。

我簡直丟臉丟到家了，但是我就是止不住嚎啕大哭。那場面就像是眼淚鼻涕為了捍衛人權，潮水般從我的臉上噴射而出。

我媽媽看到我的樣子，立刻轉身來到車上。

就這樣，我歇斯底里地大哭著，而我媽也在車上，你可以想像，那簡直丟死人了。我媽走到了我所坐的後排位子（車上所有人都在看我），對我說：「天啊，哈珀。你怎麼了？」我不知道該說什麼，因為我只想說，「帶我回家吧，媽媽！我無法和這些人共度一個星期！我們還沒發車，我就已經想家想得要命了！求求你，別讓我去那了！」

但我實在太慌亂了，最後從我口中說出來的卻是，「媽媽，我忘了帶洗髮精。」（這是真的，但並不是我哭泣的原因。）

媽媽就說：「你可以用香皂洗頭髮。」我就說：「真的嗎？」媽媽又說：「是的，先搓出泡沫，再像用一般洗髮精那樣，將泡沫抹在頭髮上。」我又說：「那樣頭髮不會很澀嗎？」媽媽又說：「嗯，你不能天天這麼做，但一個星期是不會損壞你的頭髮的。」我就說：「謝謝媽媽。」接著鎮靜了些，然後我媽媽就下了車。我也坐了下來。沒有一個人和我說話。車上所有人都聽到了大哭的女孩和她媽媽之間關於用香皂當洗髮精的奇怪對話，卻沒有人對此做出任何評論。為時三小時的校車旅途，一路都是靜悄悄的。

但是在前往柴火營的校車旅途上，我心裡發生了變化，瑞塔小姐。我變得鎮定了，這並不是因為我媽媽來到了車上，也不是因為我不擔心沒有洗髮精洗頭髮。我之所以變得鎮定，是因為我對這世界有了新的認識。我意識到我可以在這個世界上生存下來了，我意識到就算自己一個人也沒有關係了。你明白嗎？就像我沒有帶洗髮精，但我可以做些調整，使用我所帶的東西。

而大多數時間裡，我忘了我具有這種力量，所以變得瘋狂、焦慮或者生氣。但是有時候，當我沖澡時，我可以用香皂搓出泡沫，把它當作洗髮精來用（當然，我之後又用了大量的潤髮乳）。

所以呢，儘管我非常感謝你為我做的一切，我還是認為，我最好自己的頭髮自己洗，即使是用著香皂，也得由我自己來。

五
約會

一位後性別主義思維模式的男士在酒吧試圖勾搭一位女士

嗨，你喝得怎麼樣？我可以過來一下嗎？我看到你獨自一人在小酌，我就想，「那很好啊。」女人應該能夠自己照顧自己。實際上，許多女性選擇獨善其身，因為現在的工資收入公平合理了，產假也延長了，我認為這是一個很重要且令人信服的趨勢。

我注意到你買的酒即將喝完，所以我在尋思是否能夠看到你再買一杯酒。我還想，我冒著魯莽的風險，想問你是否可以給我買一杯。

你是做什麼的呢？先別急著回答我，我並不期待那種言必談工作的回答。我認為我們不應該被我們的職業所定義，尤其當那些職業都已經過時並且性別屬性模式化了的時候。我的母親是一位很可愛的人，但是我卻因為小時候她沒給我買簡易烤箱玩具而怨恨她。我小時候就非常崇拜尼爾・阿姆斯壯和吉米・卡特之類的男流氓。啊，是的，我在ESPN工作，但是我花更多的時間，比如說，徜徉在精神世界和克服困境中，多於為那種千人一面的公司所工作的時間。假如說讓我選擇一個生活伴侶，比如你，或是今晚這裡的另外一個人，我會十分高興地告訴那個眾所周知的「男人」，我不幹了，這樣我就可以培養我們孩子中性化的業餘愛好，而我的生理女伴侶則繼續追求她的愛好，不管是她工作方面的愛好，還是娛樂方面的愛好，或者，哦，是的，她甚至可以和另一個伴侶有性關係。

噢，看我是多麼不擅交際啊！我一直在喋喋不休地光顧著自己說了，就像某些說起話來沒完沒了的小男生小女生。我甚至還沒有正式地介紹我自己呢。儘管在這個父權社會，男人往往無須特別爭取就能成為社交主角，由此導致一套人為且終將具有破壞性的事件發展順序，使得人們產生不自在的感覺。我叫特里，最後一個字母「i」上面是一顆心而不是一個點。意思是，我有一顆心，而且我並不害怕公開表露我的心。

所以，你覺得怎麼樣？你可以接受我的建議為我買杯酒嗎？

如果你願意，那就太棒了。當然，如果你想繼續靜靜地坐在這裡，用你那魅力無比的眼神盯著我，那當然也沒問題。不過你的眼神打破了性別的概念，而且令我感到有些害怕。

你說什麼？我該回家操我自己去？我同意！男人是應該更有自我繁殖的能力！感謝你那機敏的斷言。當男人從生理學的角度講註定害怕做出承諾時，為什麼要完全由女人來承擔生孩子的重任？那是違反直覺，且有辱社會的。

啊，那啤酒真是清爽！謝謝你在這個溫暖的夏日夜晚將啤酒潑在我的臉上。

好啦，好啦！我走了！

謝謝你這麼斷然地拒絕了我。這需要很多勇氣啊，毫無疑問，你的勇氣不亞於任何人。現在，請原諒我得去一趟廁所，在隔間裡靜靜地哭一會兒，質疑我的身體，給我媽媽發個簡訊，但是此時此刻，我要感謝你的時間，你的時間和我的具有同樣的價值。

一位後性別主義思維模式的女士在酒吧試圖勾搭一位男士

嗨，你喝得怎麼樣？別，別站起來；我站著就行。

我看見你獨自一人坐在這裡喝酒，我就想，「多麼令人傷心啊。不該讓一個男人在這裡獨自飲酒。男人要遵從無法實現的大男人主義的思想，而使這種思想得以維持的，就是男權至上和過時的男性生殖器崇拜思維，這樣的社會壓力夠艱難的。」

我注意到你即將喝完那杯酒，所以就在想，我是否可以給你買一杯。我在這裡可以記帳。他們都知道我。我喝很凶。

這晚上我一直在灌「愛爾蘭汽車炸彈」雞尾酒，但是如果你願意，我可以改喝「宇宙」葡萄酒。

實際上，對於我來說，現在改喝「宇宙」是個更好的選擇。並不是因為我喜歡它粉紅的顏色和精巧的檸檬皮，而是因為它的酒精含量比較低，明天一大早我這個首席執行長還得上工呢。

我不知道你明天上午的時間怎麼安排，也許給上學的孩子裝午餐便當，也許給產婦接生，但是我必須要六點半起床。主要是為了去健身房。並非因為我非得保持女性緊緻的身材不可，而是因為在公司管理的這場遊戲中，早晨的腎上腺素直往我頭上湧。那裡猶如一個雷區，而健身房可以把我變成一輛情感上的坦克車。

我可能該說明一下，我接近你唯一的目的就是想和你上床。今天晚上最理想。從酒吧的另一側我就開始關注你的身材，並且認為，我不管你是什麼人格，我就是想和你上床。我知道我們才剛認識，但是我喜歡讓一個陌生人插我，因為這不需要什麼感情上的承諾。就算我很陳腐老套吧。

噢，看我是多麼不擅於交際啊！我一直在囉哩囉嗦地說個不停，好像我是滔滔不絕的傳教士卡爾文。我甚至還沒有正式地介紹我自己呢。我叫特里，最後一個字母「i」上面是一個美元符號。意思是，我不害怕賺錢，尤其靠我的體力和智商來賺錢，我更不害怕。

那你看怎麼樣？你接受我的建議，讓我替你買杯酒嗎？不接受？那麼關於上床的建議呢？我們可以去我那裡，雖然此刻那裡很髒。我的地方其實更像是一塊緩衝墊。對於我和我那台裝滿國產啤酒的匹茲堡鋼人隊[9]主題小冰箱來說，那裡只是一個著陸點。

你說什麼？我在騷擾你？多可怕啊。你甚至可能不會報警。事情往往都是這樣的，男人不會因為騷擾或者虐待而報警，因為這與男性那種陳腐、虛偽的陽剛之氣和驕傲相矛盾。但盡快將一個女性的侵略行為報告給當局是如此重要，因為友善的拍肩會變成不怎麼好玩的輕推，用手肘那種，繼而演變成在凌晨三點將一個男人推到兩大段樓梯下。

我只是要說：女人都很危險的。

別，別！別叫酒保過來，他一整天都不得閒。我離開好了。

別，別！不用替我開門，我完全可以自己出去。

也不用替我擔心。我這就回家，吃頓冷凍速食，然後就穿著鬆垮的睡衣上床睡覺。但是現在，我要謝謝你的時間，你的時間價值大概相當於我的三分之二。

9 一支職業美式足球隊。

一位服了迷幻藥的男士在酒吧試圖勾搭一位女士

嗨，你喝得怎麼樣？我可以一起坐嗎？我看見你一個人在這裡獨自飲酒，我就開始哭了。從某個方面來說，我們都是孤獨的，但在酒吧裡面孤獨，這個專門為遇見其他人類——人是什麼東西？我們只不過是以碳為基礎的光的折射物——而設計的地方孤獨，就特別讓人不安了。你要不要口香糖？我還有四片。

你在等人嗎？在酒吧裡去接近一個人卻發現他在等著別人，真是令人尷尬。今天晚上我也在等一個人，可是她從來沒有出現過。我說的是我的母親，我七歲的時候，她死於一場車禍。

她並沒有真死。我剛才對你撒謊了，因為我不接受她已經死了的事實。這就像小熊貓被科學家從牠母親那裡硬生生隔離開來。而我就是那個小熊貓，我母親是熊貓母親，科學家就是我母親那故障的剎車來令片。你看過棒球賽嗎？你會生火嗎？我會在野外死掉的！你要嚼口香糖嗎？還剩三片呢。

怎麼樣，想和我出去嗎？開個玩笑，我們已經在這裡了。我們出來了。出來是什麼意思？我們都是碳基的！我真正想問的是，你想和我上床嗎？你想嗎？我是說，當然不是在這裡，那我也太笨了，而且我母親隨時可能會走進來，我們可以去我的公寓。我那兒不太好聞，因為為了節約用水，我很少沖馬桶。但是在來這裡之前，我卻沖了馬桶，因為我期待遇見像你這樣的人，怕你聞到那種氣味會感到噁心。只剩兩片口香糖了！這片口香糖也沒有多少了！再過一百年，我們都得死光了！

你在喝什麼？真是奇怪哈，人們在這種地方喝酒，這樣他們就可以相互談話了。酒是毒藥，你知道的。所有的酒都是毒藥，都是用腐爛的水果和蔬菜釀出來的。難道這不奇怪嗎？喝完我們就上了自己的車，開車回家！你看這個主意棒不棒：嘿，讓我坐在這個玻璃和金屬構成的死亡籠子裡，以每小時六十英里的速度在黑暗中開車！好像我沒有個需要照顧的兒子似的！

順便說一下，你的眼睛真漂亮。出於某種原因，你雙眸閃爍著的藍綠色流波很吸引我。我也喜歡你的身材。你的乳溝引起我肉體上的興奮，雖然無法一直持續下去。你短裙下的這雙美腿，讓我感覺你很急切地想與人上床，我也是如此。儘管我知道你基本上是碳基的，構成我們的化學物質也大同小異，而且我們都只是宇宙中光的折射物，但我還是想和你上床。並且，儘管我知道你和遠處那個有點暴牙的女人基因幾乎相同，但我還是更想和你上床。

你說什麼？你的男友剛到？噢，是的，我明白為什麼你更喜歡和他約會。他長得比我好看。我為自己的身材感到羞愧。我的胸骨長得很詭異，他的要好看多了。他會野外生火嗎？他想不想要我這最後一片口香糖？

啊，好爽！你把啤酒潑在我臉上的感覺真是太令我興奮了！謝謝你在這麼晚的時間，啟動了我的神經系統。

哎呀！謝謝你為了保護你的女友免於我的流氓騷擾而給我一拳。血都湧到了我的臉上，好拚命緩解這陣疼痛，我的前額葉皮質正在做深刻的紀錄，以後一定要避免遇到像你這樣胸肌發達的碳基生命體。

好的，好的！我這就走！

如果你們看見我的母親，請告訴她我正在廁所擦臉和護理傷口呢。還有，如果那個暴牙女孩兒要離開，請她等我幾分鐘，因為我還是想和她上床。晚安，夜晚只不過是地球擋住太陽而造成的一種主觀幻覺。

一位為自己清醒而感到尷尬的終生禁酒者在酒吧裡試圖勾搭一位女士

嗨，你喝得怎麼樣？我可以過來一下嗎？看見你獨自一人在這裡喝酒，我就想，「你好令我敬畏。我喜愛酒精。喜愛那東西。」

你在喝什麼呢？單純沒冰的酒？太酷了。我也喜歡這樣喝酒。要喝就喝不加冰的酒。一仰脖子下肚。只要是酒精就這麼喝，是吧？

我？我在慢慢地喝薑汁汽水呢。暴風雨前的片刻寧靜。意思是，一場酒精的暴風雨之前。過一會兒我一定會喝點酒的，只是在大喝一場之前打點底。

是什麼風把你吹到這裡的呢？大概是這裡的酒品種多樣，對嗎？他們這裡什麼酒都有，很酷。這裡的酒類數目繁多，我以前來這裡總是感到無所適從，但現在我喝酒無度，可以品嘗天下各種酒類。伏特加可能是我的最愛。但是我也喜歡蘭姆酒，這種酒是用甘蔗釀造的，真是了不起。

是這樣……

你看到那則新的伏特加廣告了嗎？看樣子那東西真的不錯，也許會比從前那個更烈一些，這是好事。祈盼好運降臨了，是吧？商業廣告裡面所有人看上去都很開心，他們是該開心，因為他們在喝酒呢。廣告結尾時，他們就說：「喝酒要負責任。」在我的世界裡，這句話的意思就是「酒要天天喝！」

酷斃了……

我的容忍度現在極高。

我也做了一些研究，發現關於伏特加——這個詞來源於古教會斯拉夫語，是「水」的暱稱——的發明時期和地點有些爭議。有人說它發明於九世紀的俄羅斯，也有人說它發明於八世紀的波蘭。而我所知道的一切，就是當我開懷暢飲時，我就感覺充滿了活力！沒錯，我一直都是喝伏特加，我才不管它是什麼時候發明的呢。其實我有時候想，假如它不存在的話，我也會把它發明出來的。我是說，要製作並不困難，不過是將碳水化合物搗爛，加上酵母，在滾水鍋裡蒸餾，提取其中的甲醇，再過濾並加以稀釋。當然了，最後留下的就是最好的部分了：那就是美酒啊！

但是很顯然，在蘇聯共產時期，伏特加是配給的，真是糟透了。那樣的話，我會動點手腳走私酒的，你懂我意思！

是啊，我喝酒的歷史可悠久了。很可能抽菸的歷史也是，誰知道呢？我覺得我是十二歲的時候就染上了酒癮。我就是喜歡喝醉的感覺，醉了也要喝。

有時候我喝得爛醉。

所以，你看怎麼樣？要不要去我那裡，我們一起繼續喝酒？我可以向你展示我的酒類週期表，那是一個大圖表，我按照酒精含量排好了順序，從淡蘋果酒開始，一直到精餾伏特加。不去？沒興趣？那你看我們找個公園喝酒怎麼樣？也不去？要不，我們去你那裡，我們邊喝酒，邊醞釀著上床。不過呢，你要注意啦，我要把酒灑在你身上，邊做愛邊喝光。並不是因為我覺得這樣能引起性欲，而是因為，我不喜歡在任何時間或者任何活動中不以某種方式來消費美酒。

啊！謝謝你把酒潑在我臉上。這可以讓我更快地攝取酒精，因為你潑酒的速度和力道讓酒更快進入我嘴裡，遠遠超過了我按照傳統方法喝酒的速度。不過，請原諒我得跑一趟廁所，因為我必須把這東西從我嘴裡洗出來。我說「把這東西從我嘴裡洗出來」，就是把我的上顎清洗乾淨，為了迎接更多的美酒！我就是愛酒啊！

但是在我離開之前，我再點最後一杯。嗨，酒保！請再來杯冰水！他知道我什麼意思。「冰」是「伏特加」的代號，「水」是——你猜對了，是「更多的伏特加」的意思。他會照顧我的。他是我朋友。因為我常來這裡喝酒。

祝你夜晚愉快！只有喝酒，才可能更加愉快。這我已經做了，而且還打算繼續下去呢。

六 體育運動

馬弗・艾伯特是我的治療師

我：你好，艾伯特醫生。

馬弗・艾伯特：今晚這裡有季後賽的氣氛啊！

我：哦，這是個艱難的一週。我媽媽來看我了。

馬弗・艾伯特：城裡來的一記[10]！

我：當然了，她一來就問我是否還和莎拉同居。

馬弗・艾伯特：出界了！

我：就是啊。這不關她的事。

馬弗・艾伯特：難以相信！

我：而且莎拉甚至都不接我的電話。

馬弗・艾伯特：被蓋火鍋了！

我：昨晚我給她打了十二通電話。

馬弗・艾伯特：一打的電話！一個都沒接[11]！

我：我不知道我為什麼要感到驚訝。我們有好幾個月沒有親熱了。

馬弗・艾伯特：被擋在中距離了。

我：是的。

馬弗・艾伯特：無法切入！

我：我想是的。

馬弗・艾伯特：就是找不到洞口！

我：這樣講有點那個，但，是的。不說她了，我又約了一個新的女孩，她叫貝琪。

馬弗・艾伯特：搶到了個籃板球！

我：她是餐廳服務員。

10 原文為from downtown，常用於NBA球賽的英語轉播。NBA球場多位於遠離市中心的郊區，所以當有球員投進三分球，球評就會以此方式表示進了一顆長距離三分球。

11 原文為unanswered，在籃球比賽中，指在沒人防守下得分。

馬弗・艾伯特：又一個絕好的機會！

我：她剛走出離婚的困境。

馬弗・艾伯特：籃下十拿九穩的進球！

我：她說她好幾年沒有和男人約會了。

馬弗・艾伯特：無可置疑！

我：一切似乎都進展良好，我帶她來到了我的公寓。

馬弗・艾伯特：一場偉大的開始……

我：我們來到了床上……

馬弗・艾伯特：高手！

我：謝謝，艾伯特醫生，可是她突然感到了一陣恐懼，說了一些奇怪的藉口……

馬弗・艾伯特：情緒的發洩！

我：是啊！

馬弗・艾伯特：一團混亂！

我：對啊。毫無緣由。

馬弗・艾伯特：別無選擇，只有犯規了！

我：什麼？

馬弗・艾伯特：你必須犯規！

我：你的言外之意是？

馬弗・艾伯特：球賽進展到生死存亡的時候了，你必須犯規啊！

我：我絕不願意傷害她。

馬弗・艾伯特：那麼比賽就結束了。

我：是的，她披上外套跑出了屋子。

馬弗・艾伯特：走步了！

我：於是我就在後面叫她！

馬弗・艾伯特：吹她走步！

我：但是她不管我，任我一臉錯愕——

馬弗・艾伯特：無法挽回！

我：所以我試圖追她回來。

馬弗・艾伯特：試圖攔截對方的突破過人！

我：但是她卻砰的一聲，把門甩在我臉上。

馬弗・艾伯特：扣籃了！

我：所以我就獨自一人站在我的公寓裡——

馬弗・艾伯特：讓剩餘的垃圾時間滴滴答答地走完！

我：當然，接著我就想起了莎拉，再次感覺生活糟透了。

馬弗・艾伯特：主場連續失利。

我：你認為我最終能忘記她嗎？

馬弗・艾伯特：現在我插句我們贊助商的話。

我：什麼？

馬弗・艾伯特：去你們當地的汽車經銷商那裡，看看福特新款的SUV和Flex。

我：我現在還買不起汽車。

馬弗・艾伯特：那是同類型中最好的。

我：我在班級裡從來沒有當過最好的學生。

馬弗・艾伯特：你最近有開過福特嗎？

我：我不會開車。

馬弗・艾伯特：我們又回到了原地！

我：我一直在這裡坐著啊。

馬弗・艾伯特：拒絕離開！

我：哦，我付了一小時的費用。

馬弗・艾伯特：我們要延長賽了！

我：是嗎？

馬弗・艾伯特：是的！

我：要收費嗎[12]？

馬弗・艾伯特：是的！

我：多少？

馬弗・艾伯特：雙倍。

我：雙倍？

馬弗・艾伯特：三倍。

我：三倍？

馬弗・艾伯特：三倍乘二[13]！

我：我的保險可以支付嗎？

馬弗・艾伯特：被拒了[14]！

我：我猜到了。

12 「Will I be charged?」charge在籃球比賽中，有撞人之意。

13 Triple-double，在籃球比賽中稱為「大三元」，指球員的個人表現在得分、籃板、助攻、抄截、火鍋五項中，有任三項達到兩位數。

14 rejected，在籃球比賽中，有成功防守、蓋火鍋之意。

馬弗・艾伯特：是時候再來一記！

我：艾伯特醫生，我感覺生無可戀。

馬弗・艾伯特：前景不看好！

我：有時候我覺得我真該從窗戶那兒跳下去。

馬弗・艾伯特：來個罰球線外跳投！

我：我覺得那是唯一的解決方法。

馬弗・艾伯特：迅速地消失！

我：沒錯！

馬弗・艾伯特：一把匕首[15]！

我：匕首？

馬弗・艾伯特：直接從中線刺進去！

我：似乎有點血腥——

馬弗・艾伯特：一顆子彈！

我：子彈？

馬弗・艾伯特：精準的一擊！

我：挺誘人的。

馬弗・艾伯特：一擊必殺！

我：竟然這麼簡單。

馬弗・艾伯特：使命必達。

我：好吧，我會這麼幹的。

馬弗・艾伯特：別在我的地盤撒野[16]！

我：甚至不會有任何人想念我。

馬弗・艾伯特：人們很快就會遺忘你。

我：沒有了我，這個世界會更好，對吧，艾伯特醫生？

馬弗・艾伯特：是的！這就是重點！

15 dagger，原意為匕首，在籃球運動中，衍伸為比賽結束前的決定性進球。

16 「Not in my house.」ＮＢＡ球場上，球員對客場球隊的挑釁用語。

在YMCA的一場鬥牛後，卡梅羅・安東尼[17]和我分別給我們的朋友們做詳細解說

我：嗨，夥計們！對不起我來晚了。

卡梅羅・安東尼：嗨，夥計們。對不起我來晚了。

我：剛才發生了一件最令人驚奇的事情！

卡梅羅・安東尼：剛才發生了一件最讓人討厭的事情。

我：剛才我在YMCA，只是在那兒投籃……

卡梅羅・安東尼：我又一次在那兒耽擱了。

我：……猜猜誰就在我旁邊投籃？

卡梅羅・安東尼：有個瘦皮猴白斬雞緊挨著我在投麵包球[18]。

我：卡梅羅・安東尼！甜瓜本人！真不敢相信，我一直都是他的鐵粉。

卡梅羅・安東尼：很可能是一年只看兩場比賽的人，卻稱自己是什麼鐵粉。

我：我今年甚至還去看了兩場比賽。我抑制住激動，保守好祕密，發揮了自己的水準。

卡梅羅・安東尼：他一直在中場投那些可笑的球，好引起我的注意。

我：我瞥了他幾眼。

卡梅羅・安東尼：他一直盯著我看。

我：看他那樣子是想找個球友。

卡梅羅・安東尼：我只想獨自一人待著。

我：所以我就走到他跟前，對他說：「嘿，甜瓜，咱來個一對一吧。」

卡梅羅・安東尼：他差不多是這樣說的（模仿魯蛇的聲音）：「噢……安東尼先生，我是你的鐵粉。」

我：甜瓜是這樣說的：「你以為你能應付我嗎？」

---

17 Carmelo Anthony，NBA球星，綽號「甜瓜」。

18 籃外空心球。指完全錯過籃框的球。

卡梅羅・安東尼：我是這麼說的：「我想我們可以先來個一分鐘投籃。」

我：我就說：「來吧。」你相信我竟然說了那句話嗎？「來吧。」

卡梅羅・安東尼：他說（模仿女孩的假音）：「太謝謝您了，安東尼先生！我太榮幸了！我的朋友們絕不會相信的。」

我：我就建議我們光著上身打球。

卡梅羅・安東尼：我猜他以為我們會真的來一場比賽。

我：你知道的，萬一有更多的人加入比賽呢？

卡梅羅・安東尼：還沒等我來得及告訴他，我可不想裸著上身打球。

我：我就脫掉了T恤。

卡梅羅・安東尼：我都快吐了。

我：最近幾個月我確實長了不少肌肉。仰臥起坐我可是做了N下。

卡梅羅・安東尼：他那樣子簡直就像莎莉・斯特拉瑟斯[19]。

我：我有肌肉線條了。我真的覺得他有些震驚。

卡梅羅・安東尼：看到他每根肋骨都清晰可辨，太令人震驚。

我：所以我就把球準備好了。

卡梅羅・安東尼：我讓他先發球。

我：我試圖過他。

卡梅羅．安東尼：我想他在試圖運球過我。

我：但是他速度很快。

卡梅羅．安東尼：其實我完全沒動。

我：他就把我攔住了！

卡梅羅．安東尼：我只是抬起了手臂，他好像就直接撞上來了。

我：甜瓜說了句：「休想在我地盤撒野！」

卡梅羅．安東尼：我想我向他道歉了。這是一種本能反應，就像踩到貓咪的尾巴，你會說：

「噢！對不起，貓咪！」

我：但是我們兩人都處在良好狀態。

卡梅羅．安東尼：他在那輾轉騰挪地運球時，我終於看完了你發給我的那篇《經濟學人》文章。

我：猶如我們是這個星球上唯一的兩個人。

卡梅羅．安東尼：他們那樣剝削尼加拉瓜的咖啡種植者，真是可惡。

我：我認為他有段時間沒有經過考驗了。

19 Sally Struthers，美國演員、慈善家。多年前常在電視廣告中，以悲情語調向社會大眾為非洲兒童募款。

卡梅羅・安東尼：所以我就決定把球給他，好趕緊結束這一切。

我：但是我在內線過了他，做了個漂亮的動作。

卡梅羅・安東尼：他不停地在胯下運球。

我：我做了個哈登式歐洲步，再來個朗多式不看人投球，還有賈邁爾・克勞佛式後撤步跳投。

卡梅羅・安東尼：但是球卻從他的膝蓋彈出了界外，真令人尷尬。

我：這讓我信心爆棚！高中後，我從來沒有這麼打過球。

卡梅羅・安東尼：顯然他從來沒有和真人打過球。最糟糕的是……

我：噢！最好的地方我倒忘了！

卡梅羅・安東尼：……附近有位教瑜伽的老師在上課，那籃球老是從她頭頂上飛過！

我：我們附近有位教瑜伽的小妞，她一直盯著我看。

卡梅羅・安東尼：我能看出來，每次她把球送還給我們時，心裡都想把這小子給宰了。

我：她完全被我迷住了，每次都把球送回給我……

卡梅羅・安東尼：接著他就開始垃圾話連篇了。你們有沒有聽過一個瘦皮猴白斬雞講垃圾話？

我：我們兩人嘴裡時不時地冒出些髒話。

卡梅羅・安東尼：感覺就像在看一隻吉娃娃對著消防栓狂吠。

我：我說：「看我把你這後娘養的紅髮小子揍扁了！」

卡梅羅・安東尼：他說了一些虐童的嚇人話。

在YMCA的一場鬥牛後，卡梅羅．安東尼和我分別給我們的朋友們做詳細解說

我：他很明顯是被嚇壞了。
卡梅羅．安東尼：我真有點兒害怕了。他好像瘋了。
我：於是我就說：「希望你帶了烤麵包，甜瓜，因為我要用果醬把你給抹遍！」
卡梅羅．安東尼：接著他說了些噁心的話。我就乾脆什麼也不說了。
我：他無言以對！
卡梅羅．安東尼：人們開始注意起我們來了，所以我就說：「下一顆球決勝負。」
我：我想一定是把他給累壞了，因為他是這麼說的：「對不起，兄弟，我只能再打一顆球了。」
卡梅羅．安東尼：所以我就把球給了他。
我：我就抓住了球。
卡梅羅．安東尼：他就開始錯誤地運球。
我：我到了我最喜歡的投球點。
卡梅羅．安東尼：然後他就轉身，從中場的地方將球投出。
我：我從五十碼處發射了一顆子彈！
卡梅羅．安東尼：但是球根本沒有朝籃框的方向飛。
我：球直接飛向了那美麗的尼龍網。
卡梅羅．安東尼：我能看出那顆球即將打在籃板上，然後再次砸向那位瑜伽女孩。
我：我敢說，那位瑜伽女孩正看著呢。

卡梅羅．安東尼：所以我做了一件任何有理智的人都會做的事情。

我：接著甜瓜就做出了最愚蠢的事情。

卡梅羅．安東尼：我跳起來，抓住了球。

我：他干擾了我的投籃！

卡梅羅．安東尼：我輕輕地碰了一下球，將球送進籃框，贏了比賽。並且，坦白說，救了那女孩的命。

我：他那樣子，彷彿他贏得了比賽！

卡梅羅．安東尼：但是這個傢伙卻表現得像是他贏得了比賽！

我：但是我並不想對他大吼大叫。我是說，這只不過是一場友誼賽。

卡梅羅．安東尼：你們知道的，在YMCA訓練總有那麼點煩人，但這次實在超過了我的容忍度。

我：我認為這可能是一場激烈競爭的開始。

卡梅羅．安東尼：我只希望不要再見到他。

我：這很可能會成為我們之間的常態。

卡梅羅．安東尼：我離開的時候把我的會員給退了。

我：正因為如此，紐約是全世界最偉大的城市。

卡梅羅．安東尼：正因為如此，我得離開紐約。

我：你可以遇到最酷的人。

在YMCA的一場鬥牛後，卡梅羅．安東尼和我分別給我們的朋友們做詳細解說

卡梅羅．安東尼：過來跟你搭訕的，都是些最詭異的人。

我：但這也讓我意識到……

卡梅羅．安東尼：人人都可能是危險的妄想狂。

我：……人人都和我一樣，只是個普通人。

一位婚姻顧問試圖在紐約尼克隊的一場比賽上發難

讓我們為紐約尼克隊加油！！！同時，我們也要承認客隊的積極進取精神！！！

加油，尼克！！但是請注意，我為尼克隊加油，是因為我和這個球隊同處一座城市，這種榮譽就像隊員必須屬於球隊一樣，很隨機的！！！也就是說，假如我居住在客隊的城市，我也會很輕易地為他們加油的！！！

甜瓜，你爛透了[20]！這種行為在某些文化中會受到敬畏的！比如亞諾瑪米部落，他們就做出吮吸的動作來表示可以安全地通過附近的另一個部落！！！

裁判，你眼瞎了嗎？！如果你瞎了，卻竟然能夠精確地執哨到上一場，那可真令人驚奇了，雖然因為位置的關係，我看得十分清楚，在我看來上一場比賽你可是吹錯了！！！當然了，我是從外行人的角度來評論的，而由你來對剛發生的情況做充分的評估，要遠比我合適多了！！我敬重你的技能和洞察力，而且，某方面來說，我看重你的錯誤執哨！我是說，你也是人，那樣吹哨很正常！！要自我感覺良好，而且在這些時刻，一定要記住，你吹的哨子有很多是對的！！這個世界很複雜！

防守！防守！但同時也要進攻！進攻！我們可別忘了從進攻變成防守是多麼快啊！這些結構常常處在變化中！！！

犯規了？你在跟我開玩笑吧？！如果你是在開玩笑，那我只能說謝謝你了！大笑和講笑話有益身心健康，可以用來傳達那些用其他方法很難表達的資訊！

別再像頭蠢驢了，你一定是我所看過最靈活的人！！！

投三分球！！！這場比賽我要看延長賽！我知道這很難聽到，但是我相信，你們這兩隊都有前途！！！眼下你們正處在比賽最激烈的階段，你們被憤怒蒙住了雙眼，這很正常，可以理解！坦白說，假如你們不心煩意亂，我才會感到驚訝呢！傷痕還沒有平復呢！

還有那麼多公然犯規，簡直！！還有許多失之交臂的良機！！！但是也有美好的時刻！奏國歌！跳球！半場表演！這些時刻美好、正確，而且真實！！只看那些糟糕的時刻而不細數那些美好的時刻，同樣是不負責任的！！！

事實上，我希望你們兩個隊都贏，不管「得分」是多少！！「得分」算什麼東西？！是按照

20 原文為「you suck」，suck本意為吮吸。

球進入籃網多少次來武斷分配的嗎?!與你們一起克服困境的次數相比,這該有多麼愚蠢!我們為什麼不算這些次數呢?!比如說當出現無球犯規的情形時,大家都去搶這個球,反而把忠誠拋在了腦後?!那樣就沒有「球隊」可言了!也沒有了自尊!有的只是一個大家都要爭搶的球!

如果我們準備算「比分」,那為什麼不算一算笑容?!或者算一算輕拍後背以示鼓勵的次數呢?或者算算告訴別人「嘿,我懂了」的那些簡單手勢呢?

你說什麼?我要被趕出賽場?!為什麼?!我做什麼了?!

我話太多了?!我說話太大聲,影響了周圍的人看球?!

哦,那完全可以理解!我們都在這裡欣賞一場體育賽事,可是我卻分散了大家的注意力,我的激情誤導了別人,我的評論沒完沒了,我過於精細的分析與場上的體育精神相矛盾!!!

我完全明白你們這些人都是從哪兒來的,我自己離開就好!事實上,我感謝你們斷然將我趕走!我覺得不該給我機會解釋我的立場,因為我的行動已經表明,我對其他球迷,對這兩支球隊,對整個體育運動缺少尊重!!!

好,好,我要走了!!!

希望餘下的比賽你們看得盡興!!!預祝主隊贏球!或者客隊贏球!或者,如果可能的話,預祝兩支球隊超越勝負這虛幻的概念,都贏球!!!

七 自助

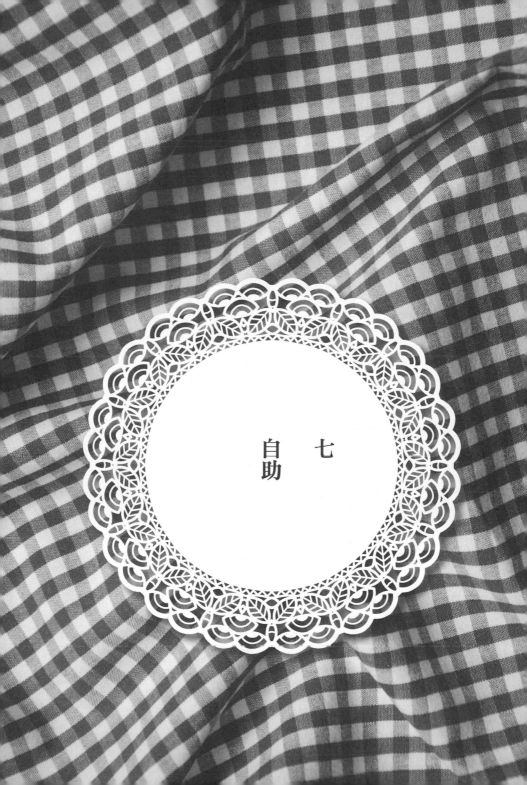

微笑誘使大腦以為心情很好

小時候媽媽告訴我，如果傷心，就要強裝出一副笑臉，因為這樣就可以誘使我的大腦以為我心情很好。

她說得真對。

現在，每當我感到傷心時，我就微笑，突然間，很神奇地，我就快樂了。

而且我發現，這並不只限於快樂。只要我讓自己的表情符合我想要的，我就可以說服自己的確如此感覺。比如，當我累了，我就做出一副充滿活力的表情，便立刻感覺到一股旺盛的精力湧來。當我感覺飢餓時，我就把臉頰吹鼓，猶如我剛剛吃了很多生日蛋糕一樣，這時，我的大腦就會認為我已經撐到不行了！

上個月，我感到十分沮喪。我的未婚妻離我而去，投入了我老闆的懷抱。老闆使她懷上了孩子，並且炒了我魷魚。不用說，我簡直憂鬱到了極點！那麼我做了什麼呢？沒錯，我就笑，儘管花了幾分鐘時間，但我最終還是感覺好多了。

但是，儘管我感覺好多了，我還是有些問題。比如，丟了工作之後，我就付不出房租了。但是我並沒有自怨自艾，或者賣命地去尋找便宜的轉租房，而是做出一副付了房租的表情，儘管這種好的感覺並沒有立即產生，但是我卻開始感到我真的付了房租似的。你猜怎麼著，我真的感覺好多了。我媽媽說得真對！那感覺好極了！

儘管我因為實際上沒有付房租而被趕出了公寓，開始露宿在韋拉札諾海峽大橋下，抓住一名流浪漢和他的寵物老鼠取暖，但我卻做出了一副擁有一棟豪宅、兩座泳池和自己的直升機停機坪的富豪表情。之後發生了什麼事你知道嗎？我開始感覺我住進了比佛利山莊一樣，90210[21]！（我甚至做出為母親買了一輛新車的表情！而且，根據我的表情判斷，母親很喜歡這輛車子！）

當我嚴重缺乏維生素C而患上了壞血病，我開始無意識地啃咬那位流浪漢和他的寵物老鼠，試圖給自己補充營養，並且做出了正在大口咀嚼美味牛排和一大坨馬鈴薯泥的表情。是的，有時候你只需要相信，就可以說服自己擁有任何東西！真是美味啊！

當我開始偷偷跟蹤前老闆和前未婚妻時，我母親的忠告確實讓我脫離了困境。我會做出一副

21 比佛利的郵遞區號。

沒有在偷偷跟蹤任何人的隨意的表情，安靜地等在他們家外面。當他們離家外出吃晚餐時，我就開著一輛我用接電偷來的車子跟蹤他們，認真地做出沒有接電偷車的人的表情。

然後，我等在餐廳外面。在他們點甜點的時候，我就把流浪漢的寵物老鼠塞進一只玻璃瓶裡，從餐廳的窗戶扔了進去。玻璃瓶砰的一聲，摔個粉碎，流浪漢的老鼠滿身血跡，驚慌失措地在餐廳裡迅速逃開了。

就在這個關頭，我臉上做出一副沒有幹下這一切的表情，立刻放鬆了下來。是的，有時候，最簡單的辦法就是最好的辦法！

這時，當顧客開始從餐廳往外跑，我所做出的表情，則像是沒有揪住我的前老闆和懷孕在身的前未婚妻，也沒有用一塊碎鋼片插得他們渾身是血。鋼片是我從流浪漢的口袋裡偷了一把金屬湯匙，用牙齒咬成的。

但我不知道的是，因為我偷了那個流浪漢的寵物老鼠和他最喜歡的湯匙，所以他一路跟蹤我到了餐廳。多麼離奇的巧合！不過我並沒有驚慌失措，只是沉著地表現出很高興看到一個流浪漢來報復我的樣子。接著，我真的感覺自己很高興能看到他。很瘋狂，是吧？祕訣就是裝，直到你成功！

我做出沒有用流浪漢的那把湯匙殺死他的表情，然後感到徹底的放鬆！

當員警將我逮捕時，我做出的表情就是我沒有謀殺我的前老闆、我懷孕的前未婚妻，以及我患有思覺失調的流浪漢新室友。儘管員警不相信我，但是我的大腦已被誘導成認為自己是無辜的，這感覺真是棒呆了！我想，有時候就是這樣，如果你告訴自己一點什麼，那麼你就會真的相信它！

在整個審問期間，我坐在被告席上，一臉從沒堅持擊出我的新寵物老鼠的樣子。當陪審團宣告我有罪時，你知道我做什麼了嗎？你猜對了！我露出了微笑，並感謝他們宣告我無罪，然後我就真的開始覺得自己被宣告無罪釋放了。哇！多麼神奇啊！

當我被押到電椅上，我做出的表情就像是被送到了迪士尼樂園，然後，我的大腦就相信這是在迪士尼樂園了，這令我非常高興，因為我愛迪士尼樂園。當他們拉起拉桿，四萬瓦的電量穿過我的身體時，我的表情猶如我飛越了太空山[22]。然後我微笑，微笑，不斷地微笑！

我知道這些話都是老生常談，但有時候，你所需要的，就是一點點的信念。

22 Space Mountain，迪士尼樂園裡的室內雲霄飛車。

假如她現在遇見我……

假如她現在遇見我，她一定會愛上我。

我是說，要她不愛上我，那會有點困難。

此時此刻，我是我自己最好的版本，假如她看到這樣的我，假如她現在看到我，她會愛上我，很可能永遠地愛上我。

我今天早上洗了衣服，因此我的衣服聞起來芳香四溢。但是不只這一點，當我洗好牛仔褲時，當我洗好這條牛仔褲時，我穿上它的樣子非常好看。但是好景只在我洗褲子的日子裡。纖維似乎都聚在了一起，比原來繃緊了一些，穿在腿上的感覺顯得更為合身。但是我的牛仔褲是藍色的，讓我看起來很休閒。合身的藍色牛仔褲：雅俗共賞的效果。她一定會喜歡的。

假如她現在遇見我，她會看到我的牛仔褲，然後心想：「他是個嚴肅的人。」

假如她現在遇見我，她會看到我的手臂，看到我手臂上暴起的青筋。今天早上我做了一百下伏地挺身。我做了三組，每組三十三下，加起來是九十九下。所以，最後我多做了一下。最後一下做得不算到位，但是那也算數。所以我手臂上的青筋要比平時更突出一些。說真的，青筋看起來棒極了。像個癮君子吸食海洛因之後。假如她看到我的青筋，說真的，她會覺得我是個全能型後衛。

她很可能會注意到我手臂上的青筋，並認為這些青筋一直都在那，青筋之所以暴起，是因為我天生身強體壯。我會對自己做了仰臥起坐這件事隻字不提，就讓我的身體狀態自己說話吧。

我只喝能讓我好聞的飲料。今天上午酒吧賣了一種很酷的冰茶。那冰茶有股留蘭香的味道，所以我嘴巴裡的氣味也就如同留蘭香一般。我想那只是很次要的原料，但正因為如此，它是完美的。如果今天晚上我們有機會接吻——我並不假定這一步註定要發生——但是如果我們最終能夠接吻——我不想排除這個可能——那我的味道就有點像留蘭香了。她會以為那是我原本就有的味道。

她隨時都會過來的。隨時都會過來。

好吧，再等幾分鐘。

假如她現在遇見我，我們就會永遠在一起。假如就在這一刻她看到我，一切都會有了意義。她就會看到我再也不是高中那個默默無聞的窩囊廢了。再也不是那個媽媽早早來到比賽場地，坐在前排拿著錄影機錄下每一場比賽的小屁孩了。她會看到我已經長大成人，已經長成一個出眾的帥哥了。

我是說，看看我這一天是如何安排的。真的無法抗拒。假如就在這一刻她過來見了我，她很可能會問我今天有什麼安排，那我就會告訴她實情，我的行程有趣得令人難以相信，她會對我崇拜得五體投地，我們會一起私奔，之後很快就結婚。但願她此時此刻走過來啊！耶穌啊！

她很可能會問我剛從哪兒過來，去住宅區做什麼。我就會告訴她：「我去看我姑媽。她九十四歲了，時常需要有人作伴。所以我就花了些時間陪她，之後我又想，我在中央公園裡坐幾分鐘吧。我姑媽很酷。」接下來我會說：「她可以說是我最好的朋友。」再裝出一副尷尬的樣子，因為我把一位九十四歲的老人看成是自己最好的朋友。她覺得我尷尬的樣子很可愛，然後我就會聳聳肩。

接著，她很可能會問我今晚要做什麼。我會再次處在最完美的境況下告訴她實情。我有紐約尼克隊比賽的票。對你來說這太低俗了吧？哦，其實我是和一位文化人類學家好友一起去。我通常都和這種人來往。現在看誰低俗呢？紐約尼克隊比賽，文化人類學家。低俗，高雅。我還真說不清楚。我腦子亂了！

她在哪兒呢？我真的認為這時她該過來了。我是說，我確信她就在市區裡。傑瑞說過這個週末她會在市區裡的。我再等她一會兒。她會來的。

當我看見她時，我要做出驚訝的表情，然後向她打招呼，之後略停片刻，再說出她的名字，讓她感覺我是在名片夾裡翻找了一陣子似的。「這段時間我十分繁忙，你懂的。」

她很可能會問我在哪兒居住。我會再次告訴她實情，碰巧我住的地方真他媽的棒：

我住在皇后區。

剛剛搬過去住。如果這還不能搞定她，我不知道還有什麼能搞定。如果這還不能使她徹底地重新評估我，我不知道還有什麼可以。我是說，這可是皇后區啊！是紐約最有意思的一個區！到底是什麼樣子？極其變幻莫測！皇后區！

假如我住在周邊地區，曼哈頓區，她會以為我保守古板，是個精英派。曼哈頓！好像我已經退休了或者怎麼了。好像我得到了一把金色降落傘，決定用它降落在宇宙的中心。這太明顯了。曼哈頓太那個了！

布朗克斯區呢？布朗克斯！如果住在這個區，我似乎要做出某種暴力聲明。我為什麼要住在布朗克斯區呢？我想打動誰呢？我的一生中輸了一場什麼樣的戰鬥啊，讓我得淪落到布朗克斯區？

或者史泰登島？告訴她我搬到了史泰登島？那還不如告訴她我搬到了木星或者堪薩斯去了呢，或者今天晚上我乾脆飲彈自盡吧，因為我絕對沒有什麼可活的了！假如我搬到史泰登島上居住就等於從地球上消失了，誰也不會在意的！

或者布魯克林呢？搬到布魯克林居住？這是紐約最糟糕的一區！這區是如此糟糕透頂，甚至讓我在皇后區居住都感到尷尬不已，因為皇后區也是一個區，而它們之間的點滴聯繫足以讓我感到羞恥。布魯克林！那裡充斥著配戴粗框平光鏡和手拿可笑的斑鳩琴的趕時髦之流，以及為上奇廣告公司工作卻稱自己為後現代主義藝術家的平面設計師。假如實行徵兵制，假如布魯克林在加拿大，要我選擇去布魯克林求得安安穩穩，或是去越南打仗命歸西天，那我會選擇去越南，寧可高高興興地到那裡被槍打死，也不去那個上帝都不要的鬼地方！除非那意味著，上帝也不得不踏足布魯克林！

但我是在皇后區。是皇后區啊！這裡形形色色，千變萬化。皇后區：我是誰？我可以和任何人互動！這就是皇后區所說的話。我思想開明；沒有種族偏見。她很可能想來我的住處。就是為了來看看皇后區。「嗨，午夜我們去家小餐廳吃宵夜好嗎？」她很可能會這麼問我。當然，我們可以去阿斯托利亞，那裡街頭巷尾到處是宵夜店家。「我們可以去跳舞嗎？」絕對要！咱們去可樂娜，那裡每個街區都有拉丁社區。可樂娜的拉丁社區比比皆是，我們稱之為「拉丁美元區」！這是我們在皇后區開的小玩笑。很愚蠢。只是皇后區的玩笑。想去看一場紐約大都會隊的比賽？當然好啊！你返校之前為什麼不在這裡多待幾天呢？我們可以一起賴床，一起查查紐約大都會隊的賽事。我們可以去那家迷你餐廳吃個晚早餐，那家餐廳的老闆是個希臘人，他還知道我的名字呢。我們可以租自行車去花旗球場，手拉著手坐在露天看台上，然後她會說這樣的話：「這些座位真的很棒，因為我們可以看到整個體育場。」

天哪！現在幾點鐘了？

我可能該回家了。她在哪兒呢？她怎麼可能不從中央公園穿過？在春假期間看望父母的人中，有誰不從中央公園穿過呢？誰不想這麼做呢？

這是全市最好的一座公園。也許是全州最好的公園。我也說不準。但是毫無疑問，這是一座很好的公園。我是說，我想不會有人對這座公園感到失望。我認為從來沒有人從中央公園裡走出來之後，會說：「我不喜歡這裡。」

所以我確信，她很可能過一會兒就漫步過來了。上高中時，她父母就住在第79大街上。我相信他們仍然住在那裡。所以，她最有可能從北門進來。除非他們搬了家。我不能想像他們會搬走。除非由於經濟方面或者其他什麼方面的原因。不過，他們很有可能把公寓買下來了。這裡的人不租房子。他們相當富有。她的穿戴總是那麼優雅。比如說，穿在身上的衣服都破爛了，但是不知怎的，她看上去依然很優美。她那件羊毛海軍短版外套，那件破舊的羊毛海軍短版外套，不知什麼緣故，她卻能把羊毛外套穿得很性感。她能夠將羊毛的動物屬性穿出來，這很說得通，因為羊毛就是來自動物的產物。但是現在人們不再用羊毛打扮自己了。穿起來性感的該是乳膠製品，或者彈性纖維，或者別的什麼非天然製品了。我可不喜歡！我喜歡天然料子。我喜歡真誠的產品。我喜歡她。我相信她隨時都會來到這裡。

我就等到底吧。我做好準備就是了。我所能做的就是做好準備。「當機會敲響你的門，你必須得準備好。」這是誰說的來著？我想是我父親說的。不對，應該是一位名氣更大的人說的。我認為這是一句名言。原話我記不得了，我一定是將它給改寫了。

我無法想像她仍然和那個白痴在來往，那個抽象派畫家白痴。他們的關係不可能持久，那根本不會有結果。這他們兩人都知道。上次我在那個愚蠢的派對上見到她時，她說：「他很可愛。你不認識他，他真的非常可愛。」「可愛」是他媽的什麼意思？我也「可愛」啊。任何人都可能是「可愛」的！對於別人來說，那簡直就是最簡單的事情。可愛。好一個討厭鬼窩囊廢白痴！可愛。我一生都在受苦！我天天都在受苦！但受苦是為了什麼呢？一定是為了表明什麼意思吧！是為了我計畫做出的貢獻。但是，噢，不！他可愛。去賣汽車保險吧！可愛。應該拿槍斃了他，他也知道該是這個下場！

而我他媽的在這裡做什麼呢？讓所有人從我身邊經過，卻沒有一個是她！我到底在這裡做什麼呢？那些路過我的白痴們不是她，都是誰呢？我時間都浪費在他們身上了！他們不在意我和一位文化人類學家去看紐約尼克隊的比賽！他們不在意我剛剛從我九十四歲的姑媽家裡出來！他們之中，沒有一個人是她！他們不在意我深藍色的牛仔褲穿得非常合身，不在意我的青筋暴起的樣子最好看！根本不在意！他們只是在碌碌無為地過著自己的日子，好像他們的生活很重要，而我卻坐在這裡讓自己的生命逐漸逝去！

他們經過我這裡時，根本不會注意到我所做的一切，根本不會注意到我的現狀，而從這一刻起，我的一切都會變得愈來愈差，因為我的生命就要逝去。沒有她的出現，沒有機會向她展示我也一度了不起過，我的死亡就開始了。在我牛仔褲的纖維開始鬆懈之前，在我的青筋消失在我瘦弱的手臂裡之前，我的樣子是很棒的！現在，只有現在，我的樣子是很棒的！可這又是為了什麼呢？！

去我姑媽家有什麼意義呢？住在皇后區有什麼意義呢？我憎恨皇后區！它離哪兒都遠得要命！我他媽得轉三次地鐵才能趕到我他媽要坐的線路！我憎恨做伏地挺身！我憎恨籃球！我也憎

恨我那位愚蠢的文化人類學家！他只會談論薩摩亞群島！我現在正處在人生的巔峰，可是人們卻不看我一眼！看我！看我啊！你們這幫小人物！你們這幫傻子！你們這幫低能兒！你們這幫瞎眼的傻子、愚蠢的遊客！她到底在哪裡？！！這真是太可笑了！！！她到底在哪裡？我要氣炸了！！！我穿著牛仔褲呢！我穿著牛仔褲呢！！！

好吧，放鬆。冷靜。要保持樂觀。你們根本不知道她的生活是什麼樣的。你們根本不知道她在做什麼。她很可能坐在什麼地方等我呢。總之，她很可能是在等我。這就是諷刺，對吧？這就是生活的諷刺，對吧？對我生活殘酷的諷刺。

不是的，我確信她隨時都會來到這裡。

是的。

我十分確信傑瑞是說這個週末。不過，下個週末是復活節，所以我想，他說的可能是那個意思。也許是下個週末。我從來沒過過復活節。不對。不對，我十分確信就是這個週末。我該給他打個電話。

或者我可以再等幾分鐘。很可能這樣做才是最好的。再等一兩分鐘吧。然後我就往家的方向走。

是的，再等一分鐘。

一個校園惡霸做了調查

呦呦呦，這不是小湯米才怪呢。把你的午餐費給我，呆子！拿過來！什麼？你害怕了？你父母離婚了，你是不是擔心你家的財務狀況啊？哇，哭了！你大概認為這是你的錯，是不是？儘管你媽已經告訴你，這跟你沒有任何關係，並不是你讓你爸愛上了他的口腔衛生師，然後跑到奧勒岡州的那個靜修堂，但你還是心神不寧。你躺在床上睡不著，總是在告訴自己，「假如我愛他們更多一些，假如我在學校成績更好一些，假如奶奶十一月中風住進醫院時我對她更好一些，他們現在還在一起。」現在你得把錢給我，因為你媽媽患有失眠症，對史蒂諾斯有藥物依賴，她頭昏腦脹，無法給你帶便當，只能給你帶錢。好啊，給我哭出一條河看看！

呦呦呦，這不是理科老師塞洛維茲先生才怪呢！親眼看到我偷小湯米的午餐費。唔，瞎鼻子維茲，你聞聞這個：我可不是克勞德・莫內！是的，對了。我知道你受到了我的威脅，但是下意識地把我和莫內聯繫在一起，這沒用。是的，我知道你在我這個年紀就想去羅德島設計學院學習，但是你沒去成，現在才不得不教六年級的理科課。哇，哭了！你大概以為你就是印象派繪畫的未來，你在做高中的藝術專題時，根據莫內的《睡蓮池》搞了一次後現代嘗試，在一個水箱裡，將真睡蓮放在一個3D透視畫內。哦，你猜怎麼著？羅德島設計學院沒有看中，當然你的繼父艾倫・塞古拉也沒有看中你的作品，那位可愛的藝術評論家從來就沒有喜歡過你的作品。抱歉了，老師！

呦呦呦，這不是奧馬利校長才怪呢！我偷了小湯米的午餐費，又和塞洛維茲先生頂嘴，你是來停我課的吧？我敢打賭，懲罰我會讓你感覺很好，對吧？在一個少年惡霸面前作威作福好彰顯你那有限的權力？這讓你感覺無比強大，是不是？尤其是看到我擁有這樣美麗的一頭秀髮，而你卻從十六歲起，就開始經歷了迅速的雄性禿。哇，哭了！你所有辦法都試過了，對吧？最開始你使用的是天然療法，因為你不好意思告訴你的醫生你正在變禿，而真正能起作用的處方療法你又花不起。所以你就吃了一年的沙丁魚，渺茫地希望著這方法能有效。後來，當你買得起柔沛生髮藥時，已為時過晚，因為你的髮際線早已後退，而要讓毛幹重新從死去的髮囊裡面長出來，柔沛就沒有什麼療效了，兩鬢部位尤其不可能，而你偏偏那地方的頭髮掉得最多。你完蛋了！

呦呦呦，這不是我老爸才怪呢！你是來接我回家的吧，因為學校把我退學了，罪名是我偷了小湯米的午餐費，和塞洛維茲先生頂嘴，還跟奧馬利校長說他的權力欲根植於他年輕時因雄性禿而產生的不解創傷。謝謝你接我回家，老爸！大白天把我接回家是不是有點怪啊，這表示我們家有工作的只有我媽？這是不是有意或者無意地再次證明，你已經失去男子漢大丈夫的所有自豪感了呢？你一開始是不是覺得媽媽在律師事務所上班，而你在家裡帶孩子很有趣？你是不是還向朋友們吹噓，說你很驕傲扭轉了性別刻板印象？哇，哭了！我敢說想到去外面打工，即使是最髒最累的工作，好重新體會身為一個人的感覺，你也會有種火熱感，因為你已意識到你根本無法運用新的自由時間來寫小說，你只是穿著骯髒的運動褲在家裡走來走去，時不時地看向時鐘，等待那個你曾經瞭解的女人帶培根回家。有病！

呦呦呦，這不是鎮上頭號惡霸才怪呢！他宅在自己的房間裡，對著鏡子反思自己的行為：偷了小湯米的午餐費，和塞洛維茲先生頂嘴，揭露了奧馬利校長的內在惡魔，羞辱了他父親的男子漢情結。怎麼竟然到了這種地步？那麼堅毅的挑釁者也出現了這老套的自我反省嗎？哇，哭了！你大概以為，無止境地用那種極其具體且過度分析的人身攻擊去騷擾別人，會讓你感覺好過一點吧？你大概以為，如果把所有人都貶得一文不值，就可以將他們拒於千里之外了吧？你大概以為，如果沒有人能夠接近你，如果你與全世界為敵，頑固到底，就不會受到任何傷害吧？你大概以為，如果沒有人喜歡你，你那安全的小泡泡就不會破掉吧？！咬我啊！

八 語言

尼克・葛瑞特評論瑞秋・羅溫斯坦的新書《離你而去》

「必讀」小說《離你而去》裡，倒楣的女主角卡拉・道森宣稱：「這個世界以及這個世界上的所有人都愛我！」

人們會假定，道森小姐的創作人——瑞秋・羅溫斯坦一定是懷有同感的。羅溫斯坦這位二十六歲的冉冉之星，猶如一股春風席捲了整個文壇，然而，儘管興奮度似乎只升不降，人們仍然升起了一絲警覺，即使往最好的方向說，羅溫斯坦小姐的文學前程似乎也是黯淡的。

讓羅溫斯坦受到文學界高度讚譽的，就是她這部關於一個女人的悲喜劇。該小說描述了一個女人從浪漫到無可救藥，轉變成自信而堅強的單身主義者的歷程。全國讀書會都舉起羅溫斯坦對於男性凝視的「正統」批判大旗，掀起一場新的文學批判運動。

但是這所有刻薄的批判到底是源於何方呢？羅溫斯坦在訪談節目中披露，她與一位特別「自戀」的男人的可怕經歷，促使她寫出了這本暢銷書。她說，這本書「證明女性不需要愛也能幸福」。不過，該書留給人們的想像空間卻是，羅溫斯坦到底對這位「神祕男子」做了什麼，才使得他如此「自戀」。畢竟，一曲探戈舞需要兩個人才跳得成，羅溫斯坦小姐，探戈舞是兩個人的世界。

就像更早的艾茵・蘭德[23]一樣，羅溫斯坦利用了一個「計謀」，只為表達她的教條主義。而在這種情況下，她使用該技巧所攻擊的，是一位看似無害的男人。

羅溫斯坦小說的開頭，便向讀者介紹了十四年前居住在費城郊區一個骨瘦如柴的七年級女生卡拉。她雖然不合群，卻充滿了唐吉訶德式的愚蠢幻想，不切實際地追求著一段又一段的單戀，用卡拉自己的話來說就是，追求「唯一的靈魂伴侶」。

卡拉情竇晚開，一直到高中讀完都沒有親吻過一個男生。關於此事，羅溫斯坦小姐在訪談時也開過玩笑，說這「很不幸地是基於事實的」。大學時，卡拉在電梯裡邂逅一位名叫米克・巴雷特的男生，之後就對她的室友說：「今天晚上，我遇到了我唯一的靈魂伴侶。」

卡拉這份對愛情過早的宣言起初似乎很是甜蜜，但是很顯然，她對巴雷特的期望值過高了。卡拉有沒有想過，將「唯一的靈魂伴侶」這樣一副重擔放在一個十九歲的大二學生肩上，有可能

23 Ayn Rand，俄裔美國哲學家、小說家，著有《源頭》、《阿拉斯加聳聳肩》等代表作。

超出了巴雷特的承受能力呢？而且，考慮到巴雷特的父母最近離婚給他帶來了許多壓力（不出所料，這一細節被羅溫斯坦小姐給搪塞過去了），巴雷特也許還不適合安頓下來娶妻生子，而這些情況卡拉似乎從未認真考慮過。

難道只有低調的本評論家認為米克・巴雷特是小說《離你而去》裡面唯一具有同情心的人物嗎？

卡拉和巴雷特開始約會了。儘管他們的關係看上去很穩定，但是如果認真去解讀，讀者會發現，在那光鮮的表層底下出現了裂痕。比如，這對年輕夫婦大學畢業時，卡拉拿到創意寫作的藝術學士學位，而巴雷特拿到的，則是較為「明智的」經濟學學位，因為儘管巴雷特偏愛繪畫，但是卡拉卻鼓勵他攻讀經濟學。「一個家裡，應該只有一個藝術家。」卡拉應該在本書的某個場景說過這樣一段話，但想必是被刪掉了。「我需要一個能夠支援我寫作和養家糊口的男人。」卡拉很有可能繼續這麼說道，斷然擊碎了巴雷特任何可能想追求藝術生涯的夢想。

為了讓卡拉有個寶貴的「安靜環境」寫作寶貴的小說，這對夫婦搬到了威徹斯特居住（雖然有深刻見解的讀者都會感覺到，巴雷特更希望能在城市裡住上幾年）。作者的目的是要讓讀者認為這個選擇是高尚的，因為寧靜的地方是創作的「純淨之地」，就好比創作在某種程度上與治療癌症一樣，具有道德標準。巴雷特不得不在南威徹斯特的一家網路廣告公司工作。這裡被羅溫斯坦錯誤地描述為一個「具有文化多樣性」的地方，如果卡拉真有機會到巴雷特的辦公室看看他，她一定會知道，這個離南布朗克斯兩個街區遠的工作地點有多恐怖，而「具有文化多樣性」則是個委婉的說法，只有羅溫斯坦這樣嬌生慣養的作家才會用它來描述每天都在這個世界上巨大的移民群體裡，被眾多文化所傷害的經歷。

羅溫斯坦繼續妖魔化巴雷特，其操控手法令人難以置信，任何從來沒有遇過羅溫斯坦或者卡拉這樣馬基維利式不擇手段的女人的讀者都會認為，她是在給墨索里尼的傳記片寫劇本呢。

讓我們來看看這部分：卡拉打算一整天都辛勤地耕耘她那「偉大的美國小說」，然後出席母親的生日晚宴。早上，她問巴雷特可否在下班路過乾洗店時，將她的紅色襯衫取回來，她好穿上它赴宴。巴雷特同意照辦，因為坦白說，他的生活已經變成一片毫無夢想可言，由日常瑣事構成的地景，他除此之外還能他媽的做什麼呢？

於是卡拉就開始創作了，她的工作室是從不讓巴雷特進入的（多麼令人驚訝！），而巴雷特下班回到家時，卻兩手空空。羅溫斯坦給巴雷特設計的台詞是吞吞吐吐地說些乾洗店「打烊了」之類的話，但很顯然，讀者會可憐沒有襯衫可穿的卡拉，人們常會這樣可憐身患絕症的人。

然而，羅溫斯坦所隱瞞的事實是，這家乾洗店在晚上七點鐘準時關門，而最後一班高鐵是在六點三十六分，所以巴雷特要不趕搭五點四十八分在拉奇蒙特停站的那班車，要不就得趕六點三十六分的那班車，然後一身正裝，而且是在工作了一整天之後，以百米衝刺的速度跑到乾洗店去取衣服。而卡拉是作家，時間安排並不是那麼固定，卻非得要巴雷特負責去取衣服不可？讀者又再次獲得了一個卡拉飽受欺負、而巴雷特粗心大意的扭曲印象。

下一部分詳細地描述了巴雷特和卡拉關係的和解，以及他們之間性愛的第二春，充滿了令人驚嘆的美麗散文，說明當羅溫斯坦真正被她的創作主題所感動時，她是具有了不起的描寫天賦的。當巴雷特睡覺時，她對他臉部的描寫就十分藝術：「月亮照在他那柔和的容貌上，卡拉真的希望時間能夠放慢腳步，她就可以永遠地看著他。」

當描述這對夫婦十足激情地做愛時，羅溫斯坦真正顯示了其語言上的深厚基本功：「巴雷特的抽動探索勁頭十足，不斷地開拓著她那等待被發現的身體，他在她的私處發現了銅礦，令她金色的脊椎劇烈地發抖。」

正是這些充滿希望的段落描寫，才使得讀者感覺羅溫斯坦可能真的有未來，希望她做出明智的選擇，回到巴雷特身邊。或者回到巴雷特的原型身邊。

但是，羅溫斯坦在迅速將讀者引入這個香豔場面之後，又同樣迅速地收回筆觸，《離你而去》又回歸到了那種慣有的報復性的（老生常談的）文風。

她開始詳細地描述這對夫婦不可避免的分離，但是根據本評論家的觀點，她描述的方式極其片面。比如，當巴雷特對卡拉說，他不希望她母親在他們家過週末，她就指責巴雷特是「虐待狂」。當巴雷特問她，為什麼僅是說了這麼簡單的一個要求，就要給他扣上「虐待狂」的帽子，卡拉就憤然衝出了屋子。羅溫斯坦似乎在這裡「隨手」省略了一段敘述，卡拉的母親是整個美國東海岸上最苛求、最令人氣憤、最專橫、最善於耍手段的女人（不過，讀者在閱讀了兩百頁關於這位假女權主義者憤怒的謾罵內容之後就不會感到驚訝了，這內容造就了她的作品《離你而去》）。有一次，巴雷特在暴風雪中驅車四十五英里去接卡拉的母親，因為她拒絕搭巴士過來，說那車裡「有股怪味」。

卡拉最終提出離婚的那章，讀起來像是羅溫斯坦這部作品的高潮。卡拉低聲下氣、可憐巴巴地哭著求得同情，儘管她知道她所做的事情是錯誤的：並不是她離開了他這一事實，而是她離開他的方式。趁他某天還在上班時，她換了門鎖，這真是莫大的懲罰。這只能令他感覺自己非常渺小，非常愚蠢。他甚至沒有憤怒。他只是感覺孤獨。

他們也曾經有過美好的時光。他們真的好過。卡拉可能很難記得他們之間曾經有過多麼深厚的情感，因為她總是被一股難以名狀的憤怒蒙上眼睛，但他們真的愛過彼此。只要讓巴雷特回來和卡拉一起過上一天的好日子，讓他做什麼他都會願意的。

我猜巴雷特希望卡拉正在某個地方讀著他的這個願望。也許是在彼得森街上他們常去的那家咖啡館裡，那條街上還有家水煙吧，或者是在那個公園裡，他們過去常在那尊破敗的馬雕像下面親暱。而且，如果卡拉願意，他們可以找時間再到那裡見個面。不是為了約會，只是見面談一談。只是為了盡釋前嫌。只是為了告訴她，他真的為她所做的事情感到驕傲，她值得擁有她所獲得的成功，他也一直知道她會有了不起的成就。

他只想看著她的眼睛告訴她，他愛她。他只想最後一次用手去感受她那柔軟的手心，輕揉她的十指之間。儘管發生了這麼多事，但他依然愛著她。他也將永遠愛她。

一點五顆星。

一篇用「思想到文本」技巧寫成的短篇小說

這天是星期四，但是對於約翰來說，感覺像是星期一。約翰就是喜歡星期一。星期一他工作幹勁十足。恐懼星期一早晨的那種老生常談在他身上不適用。他也不加入飲水機旁關於「折磨」的種種抱怨，還有那些再熟悉不過的空洞問答：「週末過得怎樣？」「太短了！」是的，約翰喜歡工作，而且無愧於這種感覺。

也許我該再來一杯拿鐵。我一直坐在這兒守著這個空杯子呢。但那樣我會開始手抖。我得來杯脫咖啡因的咖啡。不，那樣很愚蠢，花錢買一杯脫咖啡因的咖啡太蠢了。我沒有理由這麼做。

每逢週末約翰就感到不耐煩。他想念工作日的那種正規結構。小時候讀書時，星期五放學之後他總是很晚才回家，星期一又早早地來到學校。對兒子的這種習慣，媽媽是褒貶參半，說他這是在「加班讀書」。

天哪，我又寫出了另一個廢物。

現在，約翰正這樣度過他的週末：在離婚後瑞貝卡留給他的都鐸式莊園院子裡幹活。瑞貝卡，有著杏眼——形狀和顏色都是——的女人，永遠不會是他的敵人。

那位咖啡師一直在看我。如果我不點個什麼，她很可能會請我離開。她挺迷人的。她的頭髮並不漂亮，有點稀疏打結，但是她的臉蛋很好看。我真該點個什麼了。

他們的離婚可算是好聚好散類型的。事實上，約翰會經常對自己的父母說：「瑞貝卡現在和我的關係比我們結婚那時還要好！」不僅如此，約翰還期待著有一天，他和瑞貝卡以及他們各自的新伴侶會坐在一起，回顧他們的婚姻生活，以兩個成熟大人的角度來正面審視他們的婚姻。

也許我可以買一塊南瓜香料麵包。這樣我就可以繼續坐在這裡，而不用麻煩地買什麼咖啡，還得說出自己的名字，並且傻等著他們準備好餐點了。

但是，如果要約翰說真話，這棟房子在週末總是空蕩蕩的。前妻的父母非常慷慨，雖然房子是他們買的，但還是把房子留給了他。約翰仍在跌跌撞撞地創作著他的短篇小說——我是說，繪畫——讓自己的事業發展起步，瑞貝卡及其父母給予了他許多支持，即使他們離婚了，他們對他的支持也沒有間斷過。

也許那位咖啡師看我是因為她覺得我長得很帥。我穿著藍色襯衫。她的頭髮稀疏打結。我幹麼要說人家的頭髮稀疏打結呢？我以為我是誰？大明星卡萊・葛倫嗎？

現在，約翰在佛斯坦與卡柏羅維茨律師事務所做一份臨時工作，好讓自己重新振作起來。他制定了一項目標很高的半年計畫：他要存錢還瑞貝卡父母房子的錢，然後再花上一段時間專心搞寫作——是搞他的繪畫。再過幾個月，他就會重新站起來，甚至還可能與某位女性訂上婚。也許就是咖啡館裡的那位咖啡師。是的，這幾乎自相矛盾，這份臨時工作居然為約翰提供了他所渴望的那種穩定。

爛死了，爛到家了！

事實上，在深刻自我反省的時刻，約翰是很憎惡這份工作的。他這是在逗誰呢？他做的是臨時工作。沒有誰會喜歡臨時工作。這加重了他心裡的不穩定，驗證了他對於就業市場的憤世嫉俗，使他不能放手去做他唯一喜歡做的事情，那就是創作短篇小說——我是說，繪畫，繪畫！約翰熱愛繪畫！

我想我該去趟廁所。

約翰是個了不起的畫家。

桶蓋掀起來。每個上廁所的人看上去都跟流浪漢沒兩樣。也許我可以進去，然後什麼都不碰。我可以用鞋子把馬

約翰常納悶，為什麼大學的史蒂夫・鮑曼現在混得如此之好，而他約翰卻屈尊在這裡做著一份臨時工作，徒勞地想還上瑞貝卡那被動攻擊型的父母房子錢，明明他當初根本沒有想要他們買下這房子。史蒂夫・鮑曼是個毫無天賦的蹩腳貨，甚至還向約翰承認過，他寫作——繪畫！——的唯一目的就是為了「捕獲女人」。他真的說了「捕獲女人」這字眼。但是瑞貝卡卻認為他「很有趣」，說他們可以「一起真實地生活」。我希望他們兩人都死於癌症！約翰和瑞貝卜過的是什麼生活呢？為什麼那段生活就不「真實」了？或許，假如瑞貝卡的父母能夠讓約翰自主地呼吸，而不是每次一有機會就將他們那虛偽的基督教「價值觀」強加給他，他們的關係也許就會更加「真實」了。祝你好運，史蒂夫・鮑曼。希望你喜歡一個說話辦事毫無界線的丈母娘！

我想我該再來杯拿鐵。那個咖啡師真是性感。我們在我家地板上做愛時，我想抓住她那稀疏打結的頭髮。

約翰經常在半夜裡去瑞貝卡和史蒂夫的新家，盯著他們的窗子看。

她背上應該有刺青吧。夠淫蕩的。

約翰暗暗希望能看到史蒂夫和瑞貝卡打上一架。他想像透過窗子看到他們的影子，瑞貝卡將電話砸向史蒂夫，史蒂夫躲避了一下，但頭部還是被砸中。約翰會因這種幻想興奮起來。

我該說點俏皮話，像是：「咖啡不是這裡唯一性感的東西。」而她呢，很可能會說：「我七點下班。」而我呢，又可能會這麼說：「我沒有真正的工作，所以對我來說，任何時間都可以。」天哪！我在和誰開玩笑呢？我就是個窩囊廢。她根本不會喜歡我。即使是一個背後有淫蕩刺青、頭髮稀疏打結的咖啡師也不可能會喜歡我的。

但是當然了，約翰在史蒂夫和瑞貝卡的窗前什麼也沒有看到。他想往一個玻璃瓶裡撒尿，再從他們家的窗戶扔進去，可是他卻沒有勇氣這麼做。他是個窩囊廢，就連一點小小的蓄意破壞他都搞不了。他是個蠢到不能再蠢的蠢作家——畫家！——他連自己的工作室都沒有，只能在星巴克裡蹭個座位來寫作——畫畫！他因為在佛斯坦與卡柏羅維茨律師事務所複印自己的短篇小說——繪畫！——而被解雇了，他原本應該要給那些專向腐敗公司放高利貸的大鯊魚們複印案件摘要的。瑞貝卡不可能回到他身邊的，沒有人會愛他了，他將帶著他肥胖的身體、光禿的腦袋，孤獨地、可憐地在他岳父岳母買給他的這棟醜陋屋子裡窒息而死！

也許我該來杯茶。我喜歡那款芙蓉茶。喝起來甜甜的，但又不會太甜。很好喝。那滋味很美。或者我該來一片南瓜麵包。我想我之前吃過。我想我當時肯定非常喜歡。我想這種麵包一定是季節限定的。有一陣子沒看到了。

我將吃喝一頓，然後再回去工作。一切看來都進行得挺順利，剛開始是有點難進入，但現在真的挺順利的。整個過程是有點詭異，我一直在想我寫不出個什麼東西來，可是突然間，我卻被自己的靈感迷醉，一發不可收拾。我想我是對自己過於嚴苛了。我想我懲罰自己是沒有任何理由的。我想我已經達到最佳狀態了。我去買杯芙蓉茶。好喝的芙蓉茶。

然後就回去工作。

假如我流利地講……

法語

火車車廂裡的法國人甲：哇，這個美國人看上去真蠢。

車廂裡的法國人乙：是啊，所有美國人都很愚蠢，他們的外表和大腦都很愚蠢。

法國人甲：幸運的是，他聽不懂我們在說什麼，因為他很可能只會講英語。

法國人乙：這絕對是個非常安全的假設。

法國人甲：是的，美國人只會講英語。這件事我很有把握。這是事實。

法國人乙：讓我們繼續當著這個蠢美國人的面羞辱他吧。

法國人甲：真是太好玩了！感覺既安全又危險，安全是因為他不會講法語，危險是因為他離我們這麼近。

我：實際上，我的法語講得很流利，我知道你們在說什麼。

法國人乙：（臉紅）噢，我的天！

我：儘管你們以為在羞辱我，但是最終感到重重羞辱的會是你們，因為你們那高傲的假設和判斷錯誤的語言自豪感，將給你們和你們的國家帶來汙點。

法國人甲：他說得對。我現在感到很羞愧。

法國人乙：是的，他證明了小到我們自己，大到我們的國家，都很傲慢和愚蠢。

印地語

一家印度餐廳的服務員：您好，先生！歡迎您來到正宗的印度餐館！您對菜單有什麼問題嗎？

我：有個問題。為什麼你們的食物總是讓我覺得噁心呢？

服務員：因為我們給美國客人上的是一種會導致腹瀉的奇怪香料。

我：噢。

服務員：是的，這是所有印度餐館的官方政策。

我：唔，那麼你們都給印度客人上了什麼呢？

服務員：我們給他們上好一點的印度料理，不會引起腹瀉。

我：你能不能也給我那種？

服務員：當然可以。既然您是用我們的語言提出要求的，要通融您就比較舒服了。

我：謝謝你。
服務員：請不要把這種不會導致腹瀉的點菜選項告訴您的美國朋友們。
我：我當然不會告訴他們了！這是我們兩人之間的小祕密。

葡萄牙語

巴西綁匪：嘿，那位美國遊客！我要綁架你，然後為了政治目的索取贖金。
我：不，求求您放了我。
綁匪：等等，你會講葡萄牙語？
我：是啊，我會講，還很流利呢。
綁匪：哇噢，你在什麼地方學的？
我：在紐約的一所學校，學生主要都是外交官和其他有國際觀的人。
綁匪：你是說那間「得到學校」[24]嗎？
我：正是。
綁匪：就是在第一〇三大街上的那所？
我：對啊。你怎麼知道這所學校？
綁匪：那是紐約上西城學葡萄牙語最有名的學校之一了。連這個都不知道的話就太丟臉了。

我：說得好。
綁匪：我可不是生活在泡泡中的，你懂的。
我：你當然不是，請接受我的道歉。你還要綁架我嗎？
綁匪：不了，你現在是朋友了，可以走了。
我：很高興遇到你。
綁匪：我也非常高興。祝你學習順利。
我：也祝福你，祝你的戰鬥好運！

阿拉米語

耶穌基督：請借過，異教徒。
我：耶穌？您在紐約做什麼？難道這是您的第二次聖臨？
耶穌：不，我只是想試試那家人人都在談論的新開速食店。

24 The Learning Annex，美國知名推廣教育進修機構。

我：噢，是啊。他們的漢堡相當不錯。
耶穌：我聽說排隊隊伍很瘋狂。
我：隊伍是很長，但還是有在移動。
耶穌：你能不能和我一起排隊？我感覺有點孤單。
我：您還孤獨？讓我猜，您應該擁有差不多十億朋友吧？
耶穌：是啊，我也這麼想。但是這裡除了哥倫比亞大學那位令我毛骨悚然的神學教授之外，沒有任何人懂阿拉米語。他總是不停地問我關於我媽的完全屬於我個人隱私的問題。
我：詭異。
耶穌：沒錯！我就想，「跟蹤狂啊！」結果他又問我「都靈裹屍布」是不是真的，我就想，「不關你的事。」
我：我甚至不知道「都靈裹屍布」是什麼。
耶穌：正因為如此，我才覺得和你在一起很新鮮！嘿，你願意做我的新朋友嗎？
我：可以啊，把我算上吧。我朋友傑夫去波德攻讀研究所了，所以我這裡算是有個空缺。
耶穌：太好了。既然我們這麼說定了，我也可以保證你在天堂有個特殊的位置。
我：真的嗎？即使我在生活中幹了些壞事也可以？
耶穌：是啊。因為你說的是我的語言，所以任何時候都可以上天堂。

我的垃圾信件鍥而不捨

收件人：我
寄件者：亞歷克霞霞
主題：想你寶貝！

嘿，寶貝，

你在哪兒？我好想和你聊天！我正一絲不掛地坐在視訊攝影機前呢，等著你上網。

事實上，我等得太久，我練起了刺繡！刺繡真是神奇！它既能讓人沉思，又富有創意。我就要繡完我的第一件毛衣了！所以，當你登入時，我有可能正埋頭做毛邊縫呢。如果讓你久等了，我很抱歉啊，心肝寶貝！

我一想到你就興奮得不得了！

所以，為了冷靜下來，我開始重讀喬叟[25]的作品！哇噢！太棒的重新發現！太深奧了！但是太（令人疑惑地）有趣了！等不及了要見你，親愛的！但是如果你今晚登入了，我有可能正忙著穿越坎特伯里呢！

如果我在忙著，你該和我的某個女友聊天，像是崔克西西或羅克珊娜娜。她們好棒啊！當然了，我也很想跟你做那檔事，但是如果你想和某個新的小妞來往，我也完全能理解。反正我其實也不贊成網戀一夫一妻制。我有很大的夢想！我還想跟巴黎的變態調情！甚至是非洲的變態！也許除了我原本常吹的樂器之外，我還可以再學著吹奏別的樂器！

所以，打給我！

或者不打！

隨便你。

♡亞歷克霞霞♡

25 Geoffrey Chaucer，英國詩人、作家，著有《坎特伯里故事集》。

收件人：我

寄件者：傑佛瑞・奧巴桑喬先生

主題：請盡快回信

尊敬的先生或女士：

我懷著沉重的心情知會您，我的叔父，一位富有的奈及利亞王子，與世長辭了。他逝世之後，我們發現他曾獲得一筆四千八百萬美元的巨大財富。

不幸的是，如果想把這筆錢弄出來，必須轉到一個美國銀行帳戶上。作為進入美國銀行帳戶的交換條件，我們會很高興地將這筆鉅款的百分之十（四百八十萬美元）送給接受者作為酬謝。

我們選擇了您作為接受者。

然而，我們也同時在考慮您的鄰居賴瑞・斯坦諾維茨。我們知道您認為賴瑞的錢夠多了，因為他總是在不斷地炫耀自己新買的寶獅轎車和從高級超市巴爾杜茨買來的好東西，但我們並非在做慈善事業。我們僅僅需要一個帳戶。

如果賴瑞不能接受這筆錢，我們也可以考慮您的同事希拉・德魯克。儘管她在公司裡善於拍馬屁，也是您想當副總裁的唯一直接競爭對手，但我們還是認為她可能是獲得這筆酬金的合適候選人。要重申的是，我們並非在尋找優秀公民，我們僅僅需要一個帳戶。

請盡快在您方便的時間回覆我們。

如果您未盡快回覆，我們可能就去找賴瑞或希拉了。他們看起來也是不錯的人選。

誠摯的，

奧巴桑喬先生

收件人：我

寄件者：Gmail預警

主題：確認Gmail密碼！

親愛的用戶：

您的Gmail帳戶需要您確認密碼。如果您不能在二十四小時之內輸入密碼，回覆這封信件，您的帳戶有可能被封鎖。

這也許不是什麼壞事。

我的意思是，您真的需要那麼頻繁地查看信件嗎？您沒完沒了地查看信件的行為已經成了一種精神疾病。它毀了您的人際關係，削弱了您那比別人緩慢，卻更加獨立的批判性思考能力。

這種對電子通訊的強烈愛好已經成了一種毒癮，而正因為這種成癮，整個社會——不僅僅是您自己——既是受害者，也是侵略者。不管是您母親從她的讀書會（它叫讀書會，而不是「讀書會期間為任何你吃下的食物拍張照」俱樂部）不斷大量地發照片，還是您那些有孩子的朋友們那種被動攻擊式的不斷「更新」，告訴您他們覺得帶孩子要比想像中容易得多，這都是一條您不斷追尋卻永遠也捕捉不到的神龍。

您的Gmail帳戶只不過是您自己打造的又一座監獄，一座絕望的全景監獄，由孤獨領軍看守，包圍著您。

所以，您可以輸入您的密碼來回覆這封信件，但這很有可能會永久重複這個危險的循環。也許您最好休息一段時間。享受一下戶外的世界，去散散步，找個陌生人聊聊天。

抱歉打擾您了。

Gmail

不太難的繞口令

彼得・強森挑了一組罐裝香料。
如果彼得・強森挑了一組罐裝香料，
那麼彼得・強森挑了多少罐裝香料？

☆

假如土撥鼠能夠丟棄木材，
那麼一隻土撥鼠能夠丟棄多少木材？

☆

莎莉沿著海灘叫賣魚骨架。

亂毛烏斯[26]曾經是隻熊。
但是他卻沒頭髮。
所以，如果真的是這樣，
他怎麼會是亂毛呢，對吧？

摩西認為他的趾骨是多年生的。
但是摩西錯了。

26 Fuzzy Wuzzy，來自一英語繞口令。

因為沒有人的趾骨像摩西認為的那樣，
是多年生的。

✯

一個聰明的傢伙，
認為他該得到這個稱號。
兩個聰明的傢伙，
也認為他們該得到這個稱號。
三個聰明的傢伙，
都認為他們該得到這個集體稱號。

✯

紅黃相間的皮革。
紅黃相間的皮革。

紐約與眾不同。

伊莉莎白・柏特花錢買了人造奶油。
但是伊莉莎白・柏特花錢買的人造奶油
酸掉了。
所以伊莉莎白・柏特又花錢買了些
優質的人造奶油，
兩者一相拌，
伊莉莎白・柏特買的人造奶油味道好多了。

我母親逼我毀掉我那些瑪氏牌巧克力糖。

☆

一根玉米分兩半，詹姆士真有兩下子，
雖然我真的一點也不在乎。

☆

我尖叫。
接著你也過來尖叫。
很快我們都在尖聲叫喊，
讚美眼前的凍乳霜淇淋。

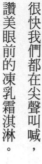

九

我們僅有時間再演奏一曲……

我們僅有時間再演奏一曲……

多謝了！你們真是了不起的觀眾！水牛城真的是我最喜歡的城市之一。我們喜歡路過這裡，並在這個城市最好的音樂廳「腐樹」演奏！不幸的是，我們僅有時間再演奏一首曲子了。

我真希望我們能夠整晚都和你們一起搖滾，但是出於種種原因，我們僅有時間再演奏一首曲子了。

我們的貝斯手史蒂夫・巴倫有了兩個孩子，因此他不能在外面待得太晚。我知道你們在想什麼：「史蒂夫有兩個孩子？去年你們來這裡演奏時，他還沒有孩子呢。」嗯哼，他剛有了一對雙胞胎。一上陣就贏得兩個。如果這不是真正的「浴火重生」，還有什麼是呢？想想看吧。這傢伙有生育能力。

還有，我們的小提琴手馬克・普拉特大拇指上磨出了個水泡，我沒在跟你們開玩笑，那個水泡足足有一顆小高爾夫球那麼大。每演奏一個音符都給他帶來巨大的痛苦。所以說，這也是我們只能再演奏一首曲子的原因之一。

我們的鼓手，丹．西蒙斯，實際上並不熟悉我們更多的曲子。我們的前任鼓手薩米．馬博出於「搞創作與我們產生了分歧」（就是說，他是個古柯鹼成癮的極端利己精神變態者），而丹．西蒙又沒有努力去學會全部的作品。所以說，如果我們再多演奏一些曲子，那我們基本上沒有鼓點能伴奏。

至於我，我倒希望能演奏一整晚。我沒有別的事情了。我差不多把我的生命都獻給了這支樂團。我寫歌，我是主唱，這個樂團的名字就叫「彼得．賈沃斯基和他的樂團」，而我就是彼得．賈沃斯基。為了創造一個完整的生活，我真的是非常賣命。如果要我誠實地說，這種生活實在很孤獨。我回到空無一人的家。我吃微波食物。看一堆網飛上的節目。沒什麼吸引人的。我的生活已經變得十分狹窄，實在沒什麼新的經歷可寫了。所以你們剛才就聽了三首關於我那台本田雅哥的車速有多快的歌曲。頭兩首還有點意思，但最後一首就老掉牙了。我知道。

話說回來，我們僅有時間再演奏一首歌曲還有一個原因，那就是我們的調音師喬喬，她因賭博問題纏身，必須和她的賭彩經紀人在網路上用Skype談這個問題。整個事件乍看似乎不太負責任，但事實是，她很會調音，而我們其實也沒錢雇用更好的調音師了。

接下來還有工會的問題。聽我說，我和所有人一樣都支持工會。我的父母當過老師。但是如果我們的演出超過十一點，哪怕只過一分鐘，每個人就得給一倍半的工資，那我就麻煩了。

還有我們的鈴鼓手平克，他要去約會。你們相信嗎？看看他：他那亂七八糟的山羊鬍，一百五十公分，可是不管什麼原因，女人似乎就是喜歡他。

我還能感覺到，有些隨行技師並不像我這樣喜愛彼得・賈沃斯基和他的樂團。我問過德韋恩・比默喜不喜歡我上個星期寫的那句歌詞，「你的愛就像我靜脈中的砂紙」，結果他看我的眼神，就像我是世界上最愚蠢的人。當我們演奏〈砂紙血液〉時，他那張愛批評人的面孔就湧現在我的腦海裡。我知道他可能會有點不高興——他其實是給下五大湖區的一支三流情緒垃圾搖滾[27]樂團拿音箱的——但是他說話也該有點分寸。我也有感情啊，德韋恩・比默。

我們只能再演奏一曲的另一個原因是，泰迪・法奧在恰好食餐廳訂了位，愛莉亞・科曼買的Wi-Fi今天午夜到期，薛佛・布倫南得去洗頭髮，羅伊・湯普森有胃食道逆流。

以上這些僅是我們只能再演奏一首曲子的一部分原因。

那麼，我就不再多說了，下面是我們的最後一曲。先生、女士們：〈磨砂黑色本田〉！

27 emo-grunge。

致謝

感謝我了不起的編輯們：格羅夫出版社（Grove）的彼得・布萊克斯托克，《紐約客》（*New Yorker*）的蘇珊・莫里森，《麥克斯韋尼》文學雜誌（*McSweeney's*）的克里斯・蒙克斯，感謝你們（分別地）鼓勵我重視簡潔、成熟的風格，以及不要把一個九歲孩子所有的故事都寫得那麼令人傷心。我還要感謝格羅夫出版社的裘蒂・霍騰森、戴伯・西格和摩根・恩特里金，《紐約客》的大衛・雷姆尼克和艾瑪・愛倫，以及《麥克斯韋尼》文學雜誌的戴夫・埃格斯，感謝你們這些優秀的出版機構，我很榮幸地被收錄其中。感謝我不知疲倦的代理人西蒙・格林、邁克爾・基維斯、克雷格・格林和奧利弗・薩爾頓，感謝你們保證不僅讓本頁上所提及的人們閱讀了本故事集。感謝不張嘴比張嘴的人還要滑稽的尚・朱利安。我還要感謝李・加貝、吉姆・貝格利、安娜・斯特勞特、加布・米爾曼、布萊恩・威斯特摩蘭和米婭・沃斯考斯卡。最後，我要感謝支持我的家人，即使書中的玩笑涉及他們，他們也從來不投反對票。

【書評】

一種鬆與緊的藝術——評《吃鯛魚讓我打嗝》

◎李奕樵（作家）

先來說說《吃鯛魚讓我打嗝》的形式特徵。此書有九個章節，皆由數百字到兩千字篇幅的極短篇構成。雖說是極短篇，但每個章節下的作品都共享同一時空，或者形式框架，所以實際的閱讀體驗更接近萬字上下的短篇小說集。

第二個特徵，這些小說都封裝在一種劇場式的回憶獨白之中。雖然描述的場景十分鮮明，但裡頭承載的事件，基本都是在敘事者對我們開始述說之前。這一點非常類似童偉格或駱以軍的小說中時間凝止的效果，在這些同樣有劇場素養的小說家之間比對應可獲得不少有趣的心得。

即便是以對話為形式的文本，都像是在記錄已發生的對話。也許這某種程度上暗示了劇場所能承載的事件，對受眾來說也都必然是真正關鍵事件之後的幻術。

但請不要誤會，這些文本也不僅僅是拿劇場獨白當作小說而已。舉例來說，在第二章節的〈我爸爸寫給我的處方資訊小冊子〉，採取了非常驚人的框架：某個父親在兒子的藥袋（或之類的東西上）寫下自己對這些藥物的使用見解，還有想對兒子說的話。讀者實際上就只能閱讀到這些留言的結果，這樣的形式肯定不是劇場的劇本（紙上的留言本身是一個絕對靜態的物件），比較接近書信體。甚至可以說，載體本身的意象，還有載體隱含的額外角色資訊，都比尋常的書信體擁有更多的表達力。這位父親在留言之間的獨白感，還有漸趨強烈的情緒變奏，都依然能展現作者紮實的劇場素養。可以說，傑西・艾森柏格這位身兼優秀演員的小說創作者真的具有細粒度調控語言與形式的實力。

第三個特徵，這些小說都很努力在營造幽默感。雖然作者簡介的文案上寫著「幽默小說家」，但幽默比較像是一個可選用的效果，就像是後設技巧一樣。我想傑西・艾森柏格的品味足夠深邃，是一位不需要一個技術詞當前綴的小說創作者。

那麼，我們來好好聊聊幽默這件事吧。

美籍印度裔的神經科學家拉馬錢德蘭在《尋找腦中幻影》（*Phantoms in the Brain*）一書中有一個完整的章節，從一九三〇年美國兩位因腦內出血壓迫腦組織導致大笑而死的罕見病例切入，討論人類「笑」這一動作的神經科學理論。

「笑迴路」牽扯的邊緣系統與情緒有關，而人類大腦為何存在「笑迴路」，則是演化心理學家的理論戰場——因為演化心理學的理論大多非常有說服力，卻又非常難證明。但無論是佛洛依德「大笑將內在的緊張壓力釋放」或「假警訊理論」，都把兩個元素放在一起，緊張與放鬆兩者心理狀態的轉換與笑的關連，幾乎是學界共識。

緊張的來源是什麼呢？往往是對人來說極度介意且困難的事物，例如死亡與性。有時是它們的延伸，像是一個非日常狀態的情境，或者一個陌生的訪客。而放鬆的理由則往往是，這個讓自己緊張的條件一口氣被取消了。一個有趣的佐證案例是，無痛症的患者在被醫生用針刺時有時會忍不住覺得好笑，但無法解釋為什麼。

笑這個神經性的動作，跟幽默、有趣這些概念比起來，似乎太底層太簡單了一些，這也是演化心理學神祕之處：我們其實很難判定哪一些神經結構催生的現象是它存在的目的，還是毫無意義的副產品。就像我們不會說因為性讓我們愉悅，所以性存在，事實更像是性不讓我們先祖們愉悅的話，我們就不會存在。或者人類的手之所以能握筆，最初因為猿猴需要抓握樹枝。搞笑一點地說，人類的鼻子顯然不是為了放置眼鏡而演化出來的，但鼻子真的很適合放置眼鏡。如果人類一直沒有發明隱形眼鏡或者雷射手術的話，一百年之後人類的鼻子都會變成高挺的希臘鼻吧，在那個平行時空裡，鼻子究竟算不算是為了放置眼鏡而演化而成的呢？

神經層級的笑，跟心理上覺得幽默有趣，這兩件事在神經系統的層級可能是高度關連的。

為什麼種族主義的笑話會好笑呢？攻擊他人是危險的，但攻擊的對象若與自己完全無關，就很值得放鬆。攻擊與自己政治立場完全絕緣的對象？感覺不錯，我們肯定會忍不住臉上微笑的。或者從另一個層面來說，國家、種族、歷史本身就令人緊張，因為它們背後充滿各種悲劇的記憶或者現況，但只是揀用它們無關痛癢的屬性來說個笑話？太好了，令人更加放鬆。所以我們總可以看到各個時代的喜劇天才，在笑點引爆之前，或深或淺地布下各種其實非常嚴肅的課題元素。在《吃鯛魚讓我打嗝》絕大部分作品裡，你會讀到國族、全球化、性別議題、情感教育、精神藥物使用……甚至在「語言」這個章節中會後設地觸及文學與文化自身，這些非常值得現代人類緊張的事物。

說到這裡，應該有不少人發現這件事實在是「純文學」到不行。不說深淺，這個作法關注了當代現實的人類方方面面的各種處境，與此同時（為了消解緊張）在文本中重新詮釋這些事物，等於賦予讀者一雙觀看事物的獨特心智之眼。

為了避免讀者諸君誤解，我把小說中幽默的效果分成三種等級：第一等級，是讀者真的讀到笑出來了。對我來說達到這樣成就的小說家非常罕見，包冠涵的《B1過刊室》是其中一位。第二等級，是調節作品的嚴肅感。絕大部分的聰明系小說家其實都落在這裡。我們可能不會讀賀景濱的短篇名作〈去年在阿魯巴〉或〈速度的故事〉讀到笑出來，但多半會覺得那是一趟舒適有趣的閱讀經驗。第三種等級，就是失敗的搞笑。嚴肅的地方不夠深，讓讀者輕視，該讓讀者放鬆的地方引導失敗，讀者內心的緊繃無法解除。

對我來說，《吃鯛魚讓我打嗝》大部分的作品落在第二種等級。我想這就證明傑西・艾森柏格的品味了。追求「讓讀者發笑」這件事到極限時，必定會消解某些事物的嚴肅性或意義。這個世界雖然有很多值得嘲諷的、被強硬架起的神聖存在，但《吃鯛魚讓我打嗝》處理的泰半是非常實在活著的當代人類。意識到這些當代素材讓我們緊張時，徹底消解這些素材的嚴肅性，在讀者眼中就會是一件悖德的事。

傑西・艾森柏格的幽默，是小說家的幽默。是為了讓某些並不好笑的事物，在後面引爆的布局。你甚至會覺得這是一個溫柔的人。

每個小說家都想寫出好笑的小說，因為好笑並不是嚴肅的反面。村上春樹在《挪威的森林》中說：「死不是以生的對極形式，而是以生的一部分存在著。」我也可以這樣造句吧：

幽默不是嚴肅的對極，而是嚴肅的一部分存在。

國家圖書館預行編目資料

吃鯛魚讓我打嗝 / 傑西・艾森柏格(Jesse Eisenberg)著 ; 吳文忠譯. — 初版. — 臺北市 : 寶瓶文化, 2019.10
面 ; 公分. -- (Island ; 293)
譯自 : Bream gives me hiccups
ISBN 978-986-406-172-3(平裝)

874.57 108017324

Island 293

吃鯛魚讓我打嗝

作者／傑西・艾森柏格（Jesse Eisenberg）
譯者／吳文忠

發行人／張寶琴
社長兼總編輯／朱亞君
副總編輯／張純玲
資深編輯／丁慧瑋　編輯／林婕伃
美術主編／林慧雯
校對／林婕伃・陳佩伶・劉素芬
營銷部主任／林歆婕　業務專員／林裕翔　企劃專員／李祉萱
財務主任／歐素琪
出版者／寶瓶文化事業股份有限公司
地址／台北市110信義區基隆路一段180號8樓
電話／(02)27494988　傳真／(02)27495072
郵政劃撥／19446403　寶瓶文化事業股份有限公司
印刷廠／世和印製企業有限公司
總經銷／大和書報圖書股份有限公司　電話／(02)89902588
地址／新北市五股工業區五工五路2號　傳真／(02)22997900
E-mail／aquarius@udngroup.com
版權所有・翻印必究
法律顧問／理律法律事務所陳長文律師、蔣大中律師
如有破損或裝訂錯誤，請寄回本公司更換
著作完成日期／二〇一五年
初版一刷日期／二〇一九年十月
初版二刷日期／二〇一九年十月三十日
ISBN／978-986-406-172-3
定價／三二〇元
Copyright © 2015 by Jesse Eisenberg
Copyright licensed by Grove/Atlantic, Inc.
arranged with Andrew Nurnberg Associates International Limited
Published by Aquarius Publishing Co., Ltd.
All Rights Reserved.
Printed in Taiwan.

AQUARIUS 寶瓶文化事業

愛書人卡

感謝您熱心的為我們填寫，
對您的意見，我們會認真的加以參考，
希望寶瓶文化推出的每一本書，都能得到您的肯定與永遠的支持。

系列：Island 293　書名：吃鯛魚讓我打嗝

1. 姓名：＿＿＿＿＿＿＿＿　性別：□男　□女
2. 生日：＿＿年＿＿月＿＿日
3. 教育程度：□大學以上　□大學　□專科　□高中、高職　□高中職以下
4. 職業：＿＿＿＿＿＿＿＿
5. 聯絡地址：＿＿＿＿＿＿＿＿＿＿＿＿＿＿＿＿

   聯絡電話：＿＿＿＿＿＿＿＿　手機：＿＿＿＿＿＿＿＿
6. E-mail信箱：＿＿＿＿＿＿＿＿＿＿＿＿

   □同意　□不同意　免費獲得寶瓶文化叢書訊息
7. 購買日期：＿＿ 年 ＿＿ 月 ＿＿日
8. 您得知本書的管道：□報紙／雜誌　□電視／電台　□親友介紹　□逛書店　□網路

   □傳單／海報　□廣告　□其他
9. 您在哪裡買到本書：□書店，店名＿＿＿＿＿＿　□劃撥　□現場活動　□贈書

   □網路購書，網站名稱：＿＿＿＿＿＿＿　□其他＿＿＿＿＿＿
10. 對本書的建議：（請填代號　1. 滿意　2. 尚可　3. 再改進，請提供意見）

    內容：＿＿＿＿＿＿＿＿＿＿＿＿

    封面：＿＿＿＿＿＿＿＿＿＿＿＿

    編排：＿＿＿＿＿＿＿＿＿＿＿＿

    其他：＿＿＿＿＿＿＿＿＿＿＿＿

    綜合意見：＿＿＿＿＿＿＿＿＿＿＿＿＿＿＿＿＿＿
11. 希望我們未來出版哪一類的書籍：＿＿＿＿＿＿＿＿＿＿＿＿

讓文字與書寫的聲音大鳴大放

寶瓶文化事業股份有限公司

（請沿此虛線剪下）

廣　告　回　函
北區郵政管理局登記
證北台字15345號
免貼郵票

寶瓶文化事業股份有限公司　收

110台北市信義區基隆路一段180號8樓

8F,180 KEELUNG RD.,SEC.1,

TAIPEI.(110)TAIWAN R.O.C.

（請沿虛線對折後寄回，或傳真至02-27495072。謝謝）